Für die Katz!

Eine Satire auf Fernsehen und Rundfunkbeitrag

Rüdiger Schneider

Für die Katz!

Eine Satire auf Fernsehen und
Rundfunkbeitrag

Tatkräftige Mitwirkung bei Ideen, Handlung und
Fotos: Dorit Schlangen

Bibliografische Information der Deutschen Nationalbibliothek: Die Deutsche Nationalbibliothek verzeichnet diese Publikation in der Deutschen Nationalbibliografie; detaillierte bibliografische Daten sind im Internet über http://dnb.d-nb.de abrufbar.

3. erheblich erweiterte Auflage

Außer: Coverfoto – Foto Yakov/shutterstock.com
S. 73 oben rechts – Reji/shutterstock.com
S. 92 oben rechts – Sergey Nivens/shutterstock.com

Handlung, Orte und Personen sind frei erfunden, Ähnlichkeiten rein zufällig.

Herstellung und Verlag: BoD- Books on Demand, Norderstedt

ISBN: 9783752840131

Inhalt

Vorwort

Das Fernsehen gehört für mich zu den größten Errungenschaften des Menschen. Was wären wir ohne diese segensreiche Erfindung! Viele Informationen würden uns fehlen. Die Abende wären unendlich langweilig, die eigene Reise an die Orte der Welt mühevoll und gefährlich, wir würden nicht über das Wetter aufgeklärt, leckere Kochrezepte würden uns entgehen, ebenso die Probleme unserer Nachbarn, spannende Werbespots und vieles, vieles mehr, was ich hier im Einzelnen gar nicht aufzählen kann.

Dass man für diesen wunderbaren Service Gebühren verlangt, ist doch selbstverständlich! Meiner Meinung nach sind diese Gebühren noch viel zu gering. Was würde das z. B. kosten, wenn man selber nach Brasilien fliegen müsste, um auf dem Amazonas zu paddeln? Abgesehen von den damit verbundenen Gefahren! Nein, da ist es besser, ich kann mir das zu Hause auf dem Bildschirm anschauen, ohne von Piranhas oder Krokodilen zerfleischt zu werden. Ich zahle also gerne. Ich habe sogar zwei Fernsehapparate, die mit verschiedenen Programmen nebeneinander laufen, damit mir nichts entgeht. Ich wollte für beide Apparate zahlen, aber die vom Beitragsservice waren so kulant und haben gesagt:

„Nein, nein, haben Sie ruhig mehrere! Wir wünschen das Honorar nur für einen." Das nenne ich ein freundliches Entgegenkommen.

Um so erstaunter war ich, als ich von einem hessischen Dorf erfuhr, wo die Leute gar kein Fernsehen wollen und sich weigern, die Gebühren zu bezahlen. Das habe ich nicht verstanden. Wie qualvoll muss ein Leben ohne Fernsehen sein! Ich war neugierig, diese Menschen, ihr Leben, ihre Motive kennenzulernen. So machte ich mich also mit der Kamera auf den Weg nach Hanitz, wie dieses seltsame Dorf im Hessischen heißt.

Für erste Informationen verabredete ich mich mit Silke Freudenreich, der Bürgermeisterin des Ortes.

Rüdiger Schneider, Brohler Abendblatt

Silke Freudenreich, Bürgermeisterin von Hanitz

Silke Freudenreich

Ich wundere mich, wie ruhig und friedlich die mit Kopfsteinpflaster belegte Dorfstraße ist. Mit Blumen geschmückte Fachwerkhäuser säumen sie. Gelegentlich steht in einem Vorgarten ein Auto. Zwischen den großzügig platzierten Häusern mit ihren Gärten führen hin und wieder Feldwege auf die Weinhänge zu, die den Ort umgeben. Ich komme an einem kleinen Lebensmittelladen vorbei, an einer Destillerie, einer Kräuterapotheke, einem Gasthof, einem Kulturbüro und lande auf einem Marktplatz, wo die Straße zu Ende ist. Das also ist der Grund für die von keinem Lärm gestörte Ruhe. Die Hanitzer haben es vermieden, sich an einer Durchgangsstraße niederzulassen. So etwas kenne ich noch nicht. Wo ich wohne, wird der Ort von einer Bundesstraße durchschnitten und entsprechend unruhig geht es zu.

Idyllisch auch der Hanitzer Marktplatz. Ein ausladendes Rondell mit einer kleinen Kirche, einem Pfarrhaus mit sprudelndem Brunnen davor. Unter dem Schutzdach einer alten Linde steht ein fahrbarer Kiosk. Daneben sitzen auf einer Bank ein paar Rentner, halten eine Tasse in der Hand und unterhalten sich. Ein anderer steht direkt am Kiosk, zupft auf einer Gitarre, probt offensichtlich ein Lied. Am Marktplatz, neben der Kirche, ist auch das Rathaus, ein anmutiger Bau aus hellen Steinquadern, eher einem Bauernhaus gleich, wie ich es etwa von der Bretagne her kenne. Weinlaub rankt die Fassade entlang. Von den Fensterbänken hängen Girlanden blauer und roter Glyzinien. Fast hätte ich umgedreht, wäre das Rondell entlang an dem Gebäude vorbeigefahren, hätte nicht über dem Eingang gestanden ‚Rathaus Hanitz'.

Es ist zehn Uhr. Mit Silke Freudenreich, der Bürgermeisterin, habe ich telefonisch einen Termin vereinbart. Sie empfängt mich mit einem freundlichen Lächeln, führt mich in ihr Büro, das mit seiner bequemen Sitzgruppe und einer Küchenzeile mehr einem gemütlichen Wohnzimmer gleicht. Auf dem Schreibtisch findet sich zu meiner Überraschung kein Computer oder Monitor, sondern nur eine Schreibmaschine. Frau Freudenreich bemerkt meine Verwunderung und erklärt mir: „Verwaltungsmäßig hängen wir von unserem größeren Nachbarort Schottenheim ab. Wir kommen hier ohne Computer aus." Und sie fügt dann noch mit einem Augenzwinkern hinzu: „Außerdem halten wir nichts von der Digitalisierung. Ebenso wie wir hier nichts vom Fernsehen halten. Deswegen sind Sie ja gekommen. Aber setzen Sie sich erst einmal. Eine Tasse Kaffee?"

So freundlich bin ich noch in keinem Rathaus empfangen worden. Meist verursachen mir die bürokratischen Gänge eher ein Magenzwicken, weil man oft etwas vergessen hat oder es hat sich wieder was geändert und man wusste es nicht. Ein Bußgeld wegen einer Ordnungswidrigkeit steht aus. In Hanitz aber scheinen die Uhren anders zu gehen.

Ich lasse mich in einem bequemen Sessel nieder. Frau Freudenreich macht sich an der Kaffeemaschine zu schaffen, kommt dann mit einem Tablett zu mir, auf dem sich nicht nur eine Kanne mit Kaffee und zwei Tassen, sondern auch eine Schale mit Gebäck befindet. Die Bürgermeisterin setzt sich mir gegenüber auf ein Plüschsofa und erzählt zunächst etwas Allgemeines über Hanitz.

„Also, wir sind ein recht kleines Dorf mit nur 63 Einwohnern, haben aber eine eigene Kirche bzw. ein Kloster, eine eigene Schule, einen Gasthof, einen Lebensmittelladen, eine Backstube, eine Destillerie, eine Apotheke, ein Kulturbüro und noch einiges mehr, was Sie, wenn Sie etwas länger bleiben wollen, kennenlernen werden. Vom Klima her haben wir großes Glück. Nicht Freiburg ist der sonnenreichste Ort Deutschlands, sondern Hanitz. Wir liegen in einer vulkanischen Mulde. Das Lavagestein der uns umgebenden Hügel lässt die besten Trauben gedeihen und von daher kommt auch unser bescheidener Wohlstand. Wir destillieren einen Trester, der bis in die arabischen Länder Freunde gewonnen hat. Aber davon erzähle ich später noch. Möchten Sie ein Gläschen? Unser Trester hat 58 %."

Ich sage nicht ‚Nein' und bekomme zu dem Kaffee noch einen Trester serviert, den ich nur in höchsten Tönen loben kann. Mit seinem trotz der hohen Prozente milden Geschmack ist er dem besten italienischen Grappa ebenbürtig.

Wir kommen zu meinem eigentlichen Anliegen. Dem Fernsehen und den Gebühren bzw. der Weigerung, diese zu bezahlen.

„Wir brauchen hier kein Fernsehen", sagt Silke Freudenreich. „Sie finden in unserem Dorf keinen einzigen Apparat. Wir haben unser eigenes Kulturprogramm. Eine Theatergruppe, Konzertabende, Lesungen, Literaturvorstellungen, philosophische Vorträge, eine Kunstgalerie, Sportplätze. Wir haben weder Lust noch Zeit uns vor eine Mattscheibe zu setzen und uns mit irgendwelchem Zeugs berieseln zu lassen."

„Aber Gebühren müssen Sie trotzdem bezahlen?"

„Das ist per Staatsvertrag leider gesetzlich geregelt. Da haben Sie vor keinem Gericht eine Chance. Der Bürger soll sich dem Mainstream anpassen."

„Die Hanitzer weigern sich, die Gebühren zu bezahlen?"

„Das ist von Fall zu Fall verschieden. Wir können nicht alle so weit gehen wie unser Gemeindeschäfer. Aber am besten lernen Sie die einzelnen Fälle persönlich kennen. Ich gebe Ihnen eine Liste mit den Namen und der Adresse. Sprechen Sie mit den Leuten! Sie dürfen auch Fotos machen. Wundern Sie sich nicht, wenn Sie auf der Liste auch ein paar Minister finden. Wer hier bei uns mit Verwaltungsaufgaben betraut ist, darf sich so nennen. ,Minister' im eigentlichen Wortsinn als verwaltend Dienender. Nicht wie bei unseren Politikern, wo das Fernsehen hinter aufgeblasenen Wichtigtuern her ist, um ein Interview zu bekommen. Wenn Sie früher mal Messdiener bzw. Ministrant waren, kennen Sie ja noch die eigentliche Bedeutung. Sie werden bei uns einen Verkehrs- und einen Energieminister finden. Unser Verkehrsminister ist übrigens ein eingebürgerter Afghane, der sein Amt bestens versteht. Sie werden hier in Hanitz nie in einen Stau kommen. Selbst bei unseren Scheunenfesten und Sportveranstaltungen nicht. Seien Sie nicht überrascht, wenn Sie in unserem Ort hochrangige Forscher und Künstler finden. Ich habe für Sie auch ein Interview mit Bruder Heinrich arrangiert. Die kleine Kirche mit dem Pfarrhaus ist ein Kloster. Als einziger Mönch ist Bruder Heinrich zugleich auch der Abt."

Nach einem zweiten Gläschen Trester bekomme ich eine Liste ausgehändigt mit den Namen und Adressen ausgesuchter Hanitzer Bürgerinnen und Bürger. Dazu einen von Hand gezeichneten Ortsplan.

„Wenn Sie das heute nicht mehr alles schaffen", sagt Silke Freudenreich, „bleiben Sie ruhig ein paar Tage im Ort. Wir haben hier im Rathaus ein Gästezimmer. In zwei Tagen bekommen wir übrigens hohen Besuch. Der kann Ihnen auch einiges zu Hanitz erzählen. Wir haben ihm viel zu verdanken."

Ich werfe einen Blick auf die Liste. Sie ist wirklich lang und wenn mich jeder so freundlich bewirtet wie die Bürgermeisterin, wird ein Tag in Hanitz nicht reichen.

„Was kostet denn das Gästezimmer?" frage ich.

„Kosten? Nein. Nichts. Wir haben hier kein Hotel, sind auch nicht an Tourismus interessiert. Sie sind unser Gast. Bleiben Sie ruhig. Dann trinken wir am Abend noch ein Gläschen Wein."

„Sie sind auch am Abend noch im Rathaus?"

„Ich wohne hier."

Martha Engel: Für die Katz!

Martha Engel

„Gehen Sie am besten zuerst zu Martha Engel", hatte mir die Bürgermeisterin empfohlen. „Sie wohnt in dem Fachwerkhäuschen direkt am Marktrand. Das sind nur fünfzig Meter. Frau Engel weiß Bescheid. Sie leitet übrigens die Hanitzer Tanzgruppe. Sie war die erste, die eine seltsame Erfahrung mit dem Fernsehen gemacht hat."

Als ich bei Martha Engel klingel, öffnet mir eine etwa fünfzigjährige Frau in einem langen roten Kleid. Sie trägt einen weißen Schal um den Hals und ist barfuß. Auf dem Kleid sind orientalische Muster. Unübersehbar sind zwei Pharaonenbüsten. Frau Engel bemerkt mein Erstaunen. „Wir üben gerade klassische ägyptische Tänze", erklärt sie.

„Aber kommen Sie ruhig herein. Wir gehen in die Küche. Da kann ich Ihnen einen Kaffee anbieten und Ihre Fragen beantworten. Meine Gruppe macht inzwischen eine Pause."

Ich folge ihr in eine kleine gemütliche Küche, nehme an einem Tisch Platz. Martha Engel

14

verschwindet kurz, um die Teilnehmer über die Pause zu informieren. Sie kommt zurück, setzt einen Kaffee auf und fragt: „Darf ich Ihnen auch ein Gläschen von unserem Trester anbieten?"

„Gerne", antworte ich, „aber nur ein kleines" und denke: „Wenn das so weiter geht, die Liste ist ja wahrlich lang, dann bist du am Abend erledigt, verschüttest den Trester und stammelst wie der Butler aus dem ‚Dinner for One' nur noch ‚Schkolll!'"

Der Versuchung, ein zweites Glas angeboten zu bekommen, weiche ich aus, indem ich direkt zum Thema komme.

„Frau Engel", frage ich, „Sie haben einen Fernsehapparat?"

„Ich hatte mal einen", antwortet sie. „Aber als das Heinerle verstorben ist, habe ich das Gerät entsorgt."

„Das Heinerle?"

„Das war mein Kater. Der streunte nachts immer herum, was ja auch gut ist. Das liegt doch in der Katzennatur. Aber eines Nachts ist er von einem Jäger angeschossen worden und hat sich dann nicht mehr aus dem Haus getraut. Da habe ich ihm einen Fernseher gekauft und einen CD-Player mit einem Mäusefilm. Der Film lief in einer Dauerschleife. Ich habe dem Heinerle eine 3D-Brille aufgesetzt und ihm auch beigebracht, wie man mit der Fernbedienung umgeht."

„Und dann hat er sich nachts vor den Fernseher gesetzt?"

„Ja. Am Anfang aber ist er immer gegen die Mattscheibe gesprungen, um die Mäuse zu fangen. Bis er schließlich eingesehen hat, dass er nicht an sie rankommt. Ab da ist er immer nur still auf dem Sofa gesessen und hat zugeschaut."

„Sie selbst haben ab und zu ferngesehen?"

„Nein, nein. Ich hatte gar keine Antenne oder Satellitenschüssel. Ich war auch gar nicht an deren Programm interessiert. Mord und Totschlag, alles krimilastig. Und die Nachrichten machen einen doch nur depressiv. Wie das Wetter wird, muss ich mir auch nicht sagen lassen. Da gucke ich aus dem Fenster und weiß Bescheid. Ich brauche so ein Gerät nicht. Außerdem habe ich genug zu tun und muss mich nicht von denen berieseln lassen."

„Und die Gebühren?" will ich wissen. „Die mussten Sie doch bestimmt nicht bezahlen. Der Apparat war ja nur für Ihre Katze. Und so ein Video oder eine CD anzuschauen ist frei von Gebühren."

„Von wegen! Die haben darauf bestanden. Es hagelte Mahnungen. Dann kam der Gerichtsvollzieher. Da habe ich erst einmal bezahlt, damit der mir nicht alles aus dem Haus schleppt."

Martha Engel fährt sich mit den Händen über die Haare, als wolle sie die Frisur zurechtlegen. Ihre Miene verfinstert sich etwas, bekommt einen traurigen Ausdruck. Sie seufzt und sagt: „Für das Heinerle hätte ich die Gebühren ja noch gerne bezahlt. Aber nach einem halben Jahr Fernsehgucken ist er verstorben. Er ist depressiv geworden. Vielleicht habe ich einen Fehler gemacht, so ein Gerät zu kaufen. Aber ich hatte es gut gemeint."

„Verstehe", sage ich. „Jetzt haben Sie keinen Fernseher mehr. Müssen Sie denn weiter bezahlen?"

„Aber ja doch! Ich frage mich nur wofür."

16

„Haben Sie denn ein Radio, einen Computer oder ein Smartphone?"

„Nichts von alledem. Nur einen Plattenspieler. Ansonsten machen wir die Musik selbst. Mit Instrumenten und Gesang. Und ein Computer kommt mir schon gar nicht ins Haus. Was man da alles hört! Hacker, Trojaner, tägliche Belästigung durch Apps und Updates. Das ist ja schrecklich. Meine Eltern waren auch ohne Computer glücklich. Nein, nein, so etwas kommt mir nicht ins Haus!"

Beim Himalaya-Forscher

Tsong Tukten Görang   Görangs Hütte

„Sie müssen heute noch unbedingt unseren Himalaya-Forscher besuchen", hatte mir die Bürgermeisterin geraten. „Ab Morgen ist er nämlich wieder auf einer Expedition. Ursprünglich stammt er aus Ladakh. Einmal war er zu einem Dia-Vortrag bei uns. Es hat ihm hier sehr gefallen. Er hat eine Hütte gekauft, sich in Schottenheim, was dafür zuständig ist, angemeldet. Meistens ist er unterwegs. Heute aber haben Sie Glück."

„Er spricht Englisch?" hatte ich gefragt.

„Aber ja. Und natürlich auch Deutsch. Er ist mit fünf Jahren mit seinen Eltern nach Deutschland gekommen. Sie können sich also gut mit ihm unterhalten."

Nach meinem Besuch bei Martha Engel mache ich mich also sogleich auf den Weg und finde Tsong Tukten Görangs bescheidene Hütte in einem Gärtchen neben dem Gehöft Kranz. Er sitzt neben der Hütte auf einer Bank, raucht Pfeife, liest in einem Buch. Als er mich kommen sieht, klappt er das Buch zu, legt es beiseite, steht auf und begrüßt mich.

„Ah, Sie sind der Fernsehreporter. Frau Freudenreich hat mir schon davon erzählt."

„Nein", erwidere ich. „Kein Fernsehreporter. Ich komme vom ‚Brohler Abendblatt' und will über die Probleme berichten, die die Hanitzer mit dem Fernsehen und den Gebühren haben."

„Ach so. Ja, das ist eine unangenehme Geschichte. Ich habe keinen Fernseher. Fernsehen bedeutet für mich, wenn ich auf dem Mount Everest bin und kann mir rundum die Gegend anschauen. Dann erst gucke ich fern. Aber doch nicht, wenn ich zwei Meter vor so einer blöden Kiste hocke. Ist ein Fernseher in der Hütte, habe ich selber kaum noch Platz."

„Aber Gebühren müssen Sie trotzdem bezahlen?"

„Ja, leider. Die bestehen darauf. Es hilft auch nicht, wenn ich sage, dass ich die meiste Zeit des Jahres unterwegs im Himalaya bin. Die denken, dass ich einen Fernseher mit auf die Berge schleppe. In Ladakh käme niemand auf die Idee, für Fernsehen Gebühren zu verlangen."

„Haben Sie hier in Deutschland schon mal ferngesehen, bei Freunden z. B.?"

„Ja. Ist schon mal vorgekommen. Aber ich verstehe nicht, warum in jedem Haus so ein Ding sein muss. Manche haben sogar mehrere. Ich finde das absolut langweilig, auf so eine Kiste zu gucken. Meine Expeditionen sind da viel spannender. Und selbst wenn ich hier neben der Hütte sitze, ist die Beobachtung der Natur erfreulicher. Das ist wenigstens etwas Reales, etwas, das einen direkt berührt. Wenn Sie wissen, was ich meine…"

Ich nicke verhalten, schäme mich zu sagen, dass ich zwei Apparate habe, die gleichzeitig laufen.

Görang würde mich für verrückt erklären. Ich mache noch ein Foto von seiner Hütte. Für das Porträt stellt er mir eine eigene Fotographie zur Verfügung und sagt: „So bin ich meistens unterwegs. Da habe ich gar keine Zeit zum Fernsehgucken."

Schäfer Hannes

Hanitzer Schafe, mit Trullu, ihrem Anführer

Silke Freudenreich hatte es mir schon angedeutet: „Mit unserem Schäfer zu sprechen, ist zurzeit etwas schwierig. Aber fragen Sie Johannes Kranz, unseren Trestermeister. Auf einer seiner Wiesen hat unser Schäfer seine Hütte stehen."

So suche ich also Kranz auf. Weit ist der Weg von Görangs Hütte zu ihm nicht. Ich treffe ihn im Hof, wo er gerade eine Traubenpresse reinigt. Ich erzähle ihm von meiner Mission und frage: „Wo kann ich den Gemeindeschäfer sprechen?"

Der Trestermeister reibt sich das Kinn, runzelt die Stirn. „Nun ja, da müssten Sie nach Bückelstedt ins Gefängnis. Da sitzt er ein. Erzwingungshaft haben sie das genannt."

„Erzwingungshaft?"

„Ja, ja. Der Hannes wollte die Gebühren nicht bezahlen. Bezahlen lassen wollte er sie sich auch nicht. ‚Ich habe keinen Fernsehapparat und auch kein Radio, einen Computer schon gar nicht', hat er gesagt. ‚Was soll das?' Da kamen immer wieder Mahnungen, dann der Gerichtsvollzieher. Der hat nur kurz in die Hütte geschaut, gemurmelt: ‚Da ist ja nichts!' Zwei Wochen später kam die Polizei und

21

hat den Hannes mitgenommen. Seitdem ist er weg."

„Und die Schafe?"

„Die haben sie nicht mitgenommen. Die können ja nichts dafür."

„Ja, ja. Ich meine, wer führt die Schafe jetzt aus?"

„Der Hund vom Hannes. Trullu. Das ist ein intelligentes Tier. Und die Schafe sind sehr diszipliniert. Wenn Sie wollen, können Sie sich das einmal anschauen. Die müssten gerade auf dem Amselweg unterwegs sein, kommen immer um diese Zeit von einer Wiese zurück. Gehen Sie einen Kilometer auf die südlichen Weinhänge zu, am zweiten Feldweg biegen Sie nach rechts. Da werden Sie die Herde schon sehen."

Ich mache mich also mit der Kamera auf den Weg, finde alles wie beschrieben und sehe auch, wie die Herde mir entgegenkommt. Vorneweg der Hund. Viel Mühe mit den Schafen scheint er nicht zu haben. Wie beim Umzug eines Schützenvereins schreiten sie nebeneinander her und zeigen eine bewundernswerte Disziplin.

Der Schuldirektor

Hiawatha bei seiner Ankunft

„Unseren Schuldirektor treffen Sie am besten um zwei Uhr an. Dann ist die Schule aus", hatte mir Silke Freudenreich erklärt. „Sie werden eine Überraschung erleben", hatte sie noch mit einem vieldeutigen Lächeln hinzugefügt und mir auf dem Plan gezeigt, wo die Schule liegt. „Sie gehen bis fast an den südlichen Weinhang, biegen aber etwa 200 Meter davor rechts ab. Nach einem Kilometer erreichen Sie die Hanitzer Schule, eine umgebaute Scheune."

Nach der Begegnung mit den Schafen bin ich also schon auf dem richtigen Weg. Es sind ein paar Minuten nach zwei, als auf Pferden eine Gruppe fröhlich lärmender Kinder an mir vorübersprengt. Sie lachen, grüßen freundlich. Als ich mich nach ihnen umdrehe, sehe ich nur noch den Staub, der unter den Hufen ihrer Pferde hochwirbelt.

Bald habe ich die bezeichnete Scheune erreicht. Sie ist die einzige weit und breit, liegt eine gute Strecke außerhalb des Ortskerns. Neben dem Gebäude, das einen sauberen, schmucken Eindruck macht und gar nicht wie eine übliche Scheune wirkt, gibt es einen Fußballplatz und zwei Tennisplätze.

Ich erreiche den Eingang, über dem ‚Grundschule Hanitz' steht. Er ist geöffnet. Ich gehe hinein, stehe sogleich am Rand eines großen Raums, in dem sich um eine Tafel Tische und Stühle gruppieren. An den Scheunenwänden sind breite Fenster, durch die Licht flutet und alles tageshell erscheinen lässt.

Kaum habe ich den Raum betreten, kommt mir ein Mann entgegen mit Federschmuck im Haar. Nicht nur die Federn, auch die markanten Gesichtszüge und die bemalten Wangen zeigen, dass es sich um einen Indianer handelt. Er reicht mir die Hand, lächelt und sagt in allerbestem Deutsch: „Frau Freudenreich hat mir Ihr Kommen schon angekündigt. Ich bin Hiawatha. Sie werden einiges wissen wollen."

Ich nicke, immer noch erstaunt, einen Indianer angetroffen zu haben. Aber kann dieser Mann der Schuldirektor sein? So will ich mich vergewissern und frage: „Sie sind der Schuldirektor in Hanitz?"

Er lächelt wieder. „Kann ich mir gut vorstellen, dass Sie das überrascht. Einen Indianer als Schuldirektor findet man in Deutschland wohl kaum. Die Bezeichnung ‚Direktor' ist etwas übertrieben. Ich bin hier die einzige Lehrkraft. Da ist man selbstverständlich zugleich auch der Direktor. Und der Hausmeister", fügt er nach einer kurzen Pause noch hinzu, um dann fortzufahren: „Wahrscheinlich wollen Sie wissen, wie ein Indianer an eine deutsche Schule kommt."

„Ja", stimme ich zu. „Das ist wirklich ungewöhnlich."

„Also", erklärt er, „ich habe in den USA, in Milwaukee in einer deutschen Community gearbeitet, in einer Schule. Ein paar Jahre davor

24

übrigens auch in Cincinnati, wo es ebenfalls eine deutsche Gemeinde gibt. Ich hörte von Hanitz, war erstaunt, dass ein gesamtes Dorf es ablehnt, einen Fernseher zu haben. Das gefiel mir, entsprach dem indianischen Denken und der Mentalität meiner Vorfahren, den Huronen und Irokesen. Nun, ich schrieb, bewarb mich, und der Gemeinderat von Hanitz schrieb zurück, dass sie genau so einen Lehrer suchen. Mit dem eigenen Boot bin ich über den Atlantik, stellte mein indianisches Bildungskonzept vor. Der Gemeinderat hat es erfreut begrüßt."

„Indianisches Bildungskonzept?" frage ich verblüfft. „Hier in Deutschland?"

„Ja. Zum Fächerkanon gehören Reiten, Bogenschießen, Tanzen, naturkundliche Exkursionen, Sport. Lesen und Schreiben sind natürlich auch dabei. Aber mit der Mathematik nehmen wir es nicht so genau. Wir jagen die Kinder nicht durch Mengenlehre, Differential- oder Integralrechnung. Die Quantifizierung der Welt durch Zahlen ist von Übel. Deswegen kommen wir im ersten Grundschuljahr mit Begriffen wie ,nichts', ,viel' und ,wenig' aus. Will jemand später einen komplizierteren Umgang mit Mengen lernen, kann er das ja. Einfache Rechenoperationen reichen aber im allgemeinen aus. Will jemand zum Beispiel Profifußballer werden, genügt es, bis zehn zählen zu können. Mehr Tore fallen in einem Spiel kaum. Und für weiter reichende Rechnereien hat so ein Fußballer eine Frau, die sich auf den Umgang mit größeren Zahlen versteht, etwa beim Geld. Wissen Sie, die Schule hat dem Menschen zu dienen und nicht der Mensch der Schule, so wie man das in Deutschland macht. Da werden die Kinder nur getrimmt auf Fähigkeiten, die einem angeblichen Fortschritt dienen. Sehen Sie sich um. Sie finden hier keinen einzigen Computer. Warum nicht? Weil die Digitalisierung der Wahnsinn des weißen Mannes ist. Und Fernsehen wollen die Kinder auch nicht. Es interessiert sie nicht. Sie reiten lieber, spielen Fußball, laufen durch den Wald, lernen die Natur lieben, das eigene Erlebnis, die eigene Erfahrung. Fernsehen entfremdet doch nur, lähmt die Produktivität. Wissen Sie, die Hanitzer Kinder haben eine ganz gesunde Einstellung gegenüber dem Fernsehen. Vor einigen Jahren kam einmal ein Mann von der Gebühreneinzugszentrale in die Schule, wollte den Kindern das Geständnis entlocken, dass die Eltern trotz aller Beteuerungen heimlich einen Apparat betreiben. Da sind die Kinder spontan aufgestanden und haben gesungen: ‚Fernsehen ist öde, Fernsehen macht blöde. Mach was Bessres aus der Zeit, sonst tut dir es später leid.' Der Mann ist rot angelaufen und gegangen. Ich selbst habe natürlich auch keinen Apparat. Wenn man mit dem eigenen Boot den Atlantik überquert hat, muss man nicht auf dem Sofa sitzen und sich Reise- oder Abenteuerfilme angucken. Das eigene Erleben zählt und nicht das aus zweiter oder dritter Hand."

Ich habe verblüfft zugehört, fühle mich, was das Fernsehen betrifft, ertappt und komme lieber auf ein anderes Thema zu sprechen. „Sagen Sie", frage ich, „kann man denn in Deutschland einfach so einen ganz anderen Fächerkanon unterrichten? Es gibt doch Vorschriften, Richtlinien."

„Die gibt es allerdings", sagt Hiawatha. „Aber mit einer List haben wir die umgangen. Natürlich interessierte sich der Schuldezernent für unsere

Schule. So etwas kommt denen ja schnell zu Ohren. Er hat also eine Inspektion angekündigt, allerdings den Fehler gemacht, uns den Tag seines Kommens anzugeben. Wir haben das Ortsschild ausgetauscht. Da stand nicht mehr ‚Hanitz‘, sondern ‚Siebeneichen‘. Auch die Inschrift am Rathaus haben wir ausgewechselt. Am Tag des Besuchs sollte sich kein Bürger auf der Straße aufhalten, so dass der Dezernent niemanden fragen konnte. Der Klosterbruder hat vom Fenster des Pfarrhauses aus gesehen, wie der arme Mann kopfschüttelnd dreimal um den Marktplatz gefahren ist. Er wird seinen Navi verflucht haben, hat die Welt nicht mehr verstanden. Und wie Dezernenten nun einmal sind, sie wollen keine Probleme haben. Deshalb hat der gute Mann in seinem Bericht geschrieben, es sei alles in Ordnung. Was sollte er auch sonst tun? Wie? Sie finden Hanitz nicht? Haben Sie zu tief ins Schnapsglas geschaut? Der Weg ist doch ganz einfach. Sie fahren durch Schottenheim durch, immer geradeaus und landen dann in Hanitz. Wie kann man das nicht finden? Ein paar Wochen später kam ein Schreiben vom Schulamt. Der Dezernent sei sehr zufrieden gewesen mit der Schule und dem Unterricht. ‚Machen Sie weiter so!‘ hieß es aufmunternd.“

„Sie bewältigen den Unterricht ganz alleine?“ frage ich erstaunt.

„Aber ja. Die Scheune ist groß genug. Es sind vier Jahrgangsgruppen zu jeweils vier oder fünf Kindern. Da wandere ich von Tisch zu Tisch, helfe, erkläre. Oder die Schüler helfen sich auch gegenseitig. Nach der vierten Klasse gehen sie weiter auf das Gymnasium in Schottenheim. Sie kommen dort gut zurecht, sind allerdings traurig, dass sie nicht mehr mit dem Pferd zur Schule kommen dürfen. Unsere Kinder scheinen auch einen guten Einfluss auf die Einwohner von Schottenheim zu haben. Jedenfalls habe ich gehört, dass die Zahl der Fernsehzuschauer dort gesunken sein soll."

Hiawatha ist ins Erzählen gekommen und lädt mich zu einer Tasse Kaffee oder wenn ich möchte, auch Tee ein. „Hanitzer Feuerwasser", sagt er, „kann ich Ihnen nicht anbieten. Das habe ich nicht. Sie kennen ja gewiss die traurige Geschichte meiner Brüder. Der weiße Mann schafft es immer wieder, Menschen zu verderben. Zu diesem Zweck hat er jetzt das Fernsehen erfunden und die gesetzliche Gebührenpflicht eingeführt."

Bei einer Tasse Kaffee, er selbst trinkt Kräutertee, höre ich weitere Geschichten Hiawathas zu. Er zeigt mir auch Fotos von der Atlantiküberquerung und schenkt mir eins davon. „Da müssen Sie hier in der Scheune keine Aufnahme von mir machen", meint er. „Das Bild zeigt meine Ankunft im Hafen von Rotterdam. Von dort bin ich weiter den Rhein hoch, dann den Main bis in die Nähe von Hanitz."

Freudenreicher Abend

Hanitzer Tresterwägelchen

Auf dem Rückweg von der Schule komme ich an dem Gehöft Kranz vorbei. Johannes Kranz steht gerade an einer Koppel, repariert den Zaun. In seinem blauen Overall sieht er aus wie ein einfacher Arbeiter und nicht wie der Chef des wichtigsten Hanitzer Unternehmens. Den Grund für seine Unauffälligkeit verrät er mir später. Er winkt mir zu, ruft: „Haben Sie schon unseren Trester probiert?"

„Ja, habe ich. Er ist ausgezeichnet."

„Dann kommen Sie. Gehen wir in den Hof. Ich gebe Ihnen noch einen aus."

Ich will nicht unhöflich sein, nehme die Einladung an.

Kranz führt mich in einen Hof, der von Fachwerkbauten umgeben ist. „Hier ist unsere Destillerie und auch das Lager", sagt er nicht ohne Stolz. „Im Dorf, in der Dorfstraße, ist der Verkaufsladen. Der ist allerdings nur für Besucher. Die Hanitzer haben den Trester ja frei. Wir verkaufen übrigens weltweit und haben schon etliche Pokale und Urkunden gewonnen. Kommen Sie! Setzen wir uns dort an den Tisch."

Er führt mich zu einer Laube in einem Winkel des Hofes. Ein Fässchen mit Trester steht dort und ein Regal mit Gläsern. Kranz füllt mein Glas großzügig und achtet nicht auf meine abwehrende Hand, die ihm Einhalt gebieten will.

„Ich habe noch eine Verabredung mit der Bürgermeisterin", sage ich. „Ich möchte nur einen kleinen Schluck."

„Ach was!" meint er. „Unser Trester macht fröhlich. Da passiert nichts. Wir haben übrigens die meisten Hundertjährigen hier in Hanitz. Prozentual gesehen, bezogen auf die Einwohnerzahl. Unser Kräuterapotheker führt das allerdings nicht auf den Trester, sondern auf seine Kräuter zurück. Und unsere Bürgermeisterin meint, das läge an der fernsehfreien Zone hier."

„Sie haben wohl auch keinen Fernseher?" frage ich.

„Da können Sie Gift drauf nehmen! Was soll ich damit!? Ich habe genug zu tun und ziehe mir abends nicht den Schmarren rein, den sie einem anbieten. Fernsehen ist für Taugenichtse, die mit ihrer Zeit nichts anzufangen wissen."

Ich schweige, bin froh, dass er mich nicht fragt, ob ich etwa so einen Apparat habe. Ich leere höflich mein Glas, bedanke mich, frage ihn zum Abschied: „Darf ich ein Foto machen vom Hanitzer Trestermeister?"

„Geht leider nicht", antwortet er. „Man hat mir schon mehrfach mit Entführung gedroht, um an unser Tresterrezept zu kommen. Ich muss anonym bleiben. Deshalb laufe ich hier auch nicht wie der Chef vom Ganzen herum."

Von der Liste, die Silke Freudenreich mir gegeben hat, habe ich an diesem Tag nur wenig erledigt. Martha Engel, den Himalaya-Forscher, den Schäferhannes bzw. den nicht und den Schuldirektor. Die Liste ist aber viel länger. Ich werde also noch bleiben müssen.

Frau Freudenreich begrüßt mich schon wie einen alten Bekannten, zeigt mir das Gästezimmer im ersten Stock des Rathauses. Es ist das erste Zimmer in meinem Leben, das keinen Fernsehapparat hat. Aber es ist gemütlich eingerichtet, hat sogar einen Balkon, von dem aus man in den Garten hinter dem Rathaus blickt. Alte Obstbäume stehen dort. Es gibt Sträucher mit Himbeeren und Brombeeren. Sonnenblumen wiegen sich im leichten Wind, der an diesem frühen Abend aufgekommen ist. Idyllisch auch die Gartenlaube, in die mich die Bürgermeisterin zu einem Gläschen Wein einlädt. Es ist ein überaus süffiger Tropfen. ‚Hanitzer Paradiesgarten' steht auf dem Etikett der Flasche. Mit seinen 16 Umdrehungen gehört dieses Getränk in die Liga der Portweine.

Silke Freudenreich fragt nach meinen Erfahrungen an diesem ersten Tag in Hanitz.

„Ich wusste gar nicht, dass man ohne Fernseher leben kann", gestehe ich. „Besonders beeindruckt haben mich die fröhlichen Kinder, die an mir vorbeigeritten sind. Und dass sie einen Indianer als Schuldirektor haben. Dass es so etwas gibt!"

Frau Freudenreich lächelt. „Ja, war aber nicht ganz einfach, das alles durchzusetzen. Eine eigene Grundschule für 18 Kinder! Hat Ihnen Hiawatha auch von seinem Hintergrund erzählt? Sie haben sich doch gewiss gewundert, dass er so perfekt Deutsch spricht."

„Ja, hat er. Er hat in deutschen Gemeinden in den USA gearbeitet. Als Lehrer nehme ich an."

„Ja richtig. Aber nicht nur. Typisch Hiawatha, dass er das in seiner Bescheidenheit nicht sagt. Der Mann war nämlich lange auch an der Universität in Cincinnati, als Professor für indianische Literatur. Ein Hochgebildeter, der die natürliche Einfachheit der Dinge liebt. Deshalb hat er sich auch bei uns beworben, und wir haben ihn gerne genommen. Aber da waren zunächst viele Hindernisse mit den Ämtern zu überwinden. Eine gewisse Eigenständigkeit und Individualität hat immer Feinde. Da kann ich Ihnen eine ganze Liste von Beispielen nennen. Ein großer Konzern etwa wollte Sendemasten im Hanitzer Gebiet aufstellen. Die Pharmaindustrie hat gegen unsere Kräuterplantage geklagt, und immer wieder erscheinen Baulöwen, die einem ein großartiges Projekt aufschwatzen wollen. Einen Erlebnispark, ein Kaufhaus, eine Badetherme und so weiter. Und ein Energiekonzern verlangte Teilhabe an unserer Erdwärme."

„Erdwärme?" frage ich neugierig. „Was kann ich mir darunter vorstellen?"

„Ach so, das wissen Sie noch nicht. Ihr Besuch bei unserem Energieminister steht ja noch aus. Also, wir sind hier mit unserer Energieversorgung unabhängig. In den südlichen Weinhängen gibt es eine Solaranlage, die das ganze Dorf versorgt. Und im Winter heizen wir mit Erdwärme. Wir liegen in einer vulkanischen Mulde und haben ein Röhrensystem tief in die Erde geführt, leiten die

Hitze nach oben. Sie werden das Morgen kennenlernen. War ein ziemlich teures Projekt."

„Ja", meine ich. „Das ist mir hier schon aufgefallen. Hanitz scheint ein wohlhabender Ort zu sein. Nirgendwo sieht man eine Spur von Verfall. Weder an den Häusern noch an den Scheunen und Höfen. Alles ist in tadelloser Ordnung und wirkt zugleich sehr anheimelnd und gemütlich. Da kenne ich bei mir in der Gegend Orte, da glaubt man, nach Sibirien gekommen zu sein. Löchrige Straßen, bröckelnde Hausfassaden, trostlose Gärten."

„Nein", sagt die Bürgermeisterin, „solche Probleme haben wir hier nicht. Die Landesregierung würde uns ja gerne aushungern und finanzielle Mittel verweigern. Aber das kümmert uns nicht. In zwei Tagen, wenn Sie noch bleiben wollen, werden Sie den Grund kennenlernen. Wir haben nämlich die Unterstützung durch einen Scheich. Scheich Suleiman. Er kommt einmal im Jahr mit seiner Lieblingsfrau nach Hanitz. Es ist eine längere Geschichte, die ich jetzt nur kurz zusammenfasse. Der Scheich, wenn er will, kann es Ihnen ja ausführlicher erzählen. Also, vor etwa dreißig Jahren hat das Ehepaar Müller, das immer noch in Hanitz lebt, ein syrisches Mädchen adoptiert. Die Fatima. Die hat es geschafft, bei einer arabischen Fluglinie als Stewardess angestellt zu werden. Und da hat sie den Scheich Suleiman kennen und lieben gelernt. Seitdem kommen die Beiden einmal im Jahr nach Hanitz. Dem Scheich gefällt der Ort, und er unterstützt uns. Er hat auch die Fernsehgebühren für uns übernommen. Und noch vieles mehr. Wenn er kommt, gibt es jedes Mal ein großes Fest. Er landet mit seiner Maschine in Frankfurt, kommt dann mit drei großen Trucks nach Hanitz, und auf der größten Wiese von Kranz wird eine Zeltstadt aufgebaut. Sie werden das ja sehen. Wir Hanitzer legen dann unsere schönsten Kostüme an und feiern mit."

„Verlangt der Scheich nicht eine Gegenleistung?" frage ich misstrauisch. „Eine Moschee zum Beispiel."

„Ach was! Der hat gesagt: ,Der Ort bleibt, wie er ist. Eine Oase der Vernunft.'"

Silke Freudenreich schenkt mir ein zweites Glas Wein ein und fragt: „Was mit dem Schäferhannes los ist, wissen Sie schon?"

„Ja", antworte ich. „Kranz hat es mir erzählt. Ein unbeugsamer Charakter."

„Von wegen!" sagt die Bürgermeisterin. „In zwei Tagen kommt er aus dem Gefängnis. Er will die Gebühren bezahlen."

„Ach!" entfährt es mir überrascht. „Er hat Sehnsucht nach seinen Schafen?"

„Nein, nein. Er will der Folter entkommen. Er hat nämlich keine Einzelzelle, sondern teilt sich die Behausung mit einem anderen. Und der hat den ganzen Tag den Fernseher laufen. Das hält der Hannes nicht aus. Ist schon komisch. Da will er nicht fernsehen, weigert sich die Gebühren zu bezahlen, geht dafür sogar ins Gefängnis und bekommt dort eine kostenlose Berieselung, der er nicht aus dem Weg gehen kann."

„Der Scheich übernimmt die Gebühren?"

„Richtig. Der Hannes hat ja für ein paar Jahre nachzuzahlen."

„Wie funktioniert das hier überhaupt mit dem Sozialsystem?" will ich wissen. „Reicht die Rente für die alten Leute? Wer bezahlt den Hannes und den Indianer? Wer die Gemeindeschwester? Wovon lebt der Klosterbruder? Wie finanziert Görang seine Himalaya-Touren?"

„Der Trester! Alle helfen im Herbst bei der Weinlese mit. Alle, die noch arbeiten können. Unser Trester, wie ich Ihnen schon erzählt habe, verkauft sich ja weltweit. Allein der Scheich lässt sich jedesmal 5000 Flaschen abfüllen. Der Gewinn aus dem Verkauf kommt in die Gemeindekasse. Daraus finanzieren wir unsere Projekte und Menschen, die bedürftig sind. Hinzu kommt noch die großzügige Unterstützung Suleimans. Außerdem arbeiten zwei auswärts, als Verwaltungsangestellte in Schottenheim. Sie können sich vorstellen, was das bedeutet?"

Ich nicke. „Ja, ja. Die halten ihre schützende Hand über Hanitz."

„So ist es. Das geht natürlich nur bei den lokalen und einigen regionalen Belangen. Bei Eingriffen der Landesregierung können wir leider nichts machen. So hat man uns z. B. vor einigen Jahren den Anbau von Tabak verboten. Da hatten wir noch eine kleine Zigarrenfabrik."

Silke Freudenreich schaut auf die Uhr. „Oh, schon Neun! Heute ist ja Freitag. Da kommen die Hanitzer immer zu einer Party in den Rathausgarten. Da tauschen wir uns über Kulturelles aus, über Geschichten aus der Nachbarschaft und was sonst noch alles anliegt. Ich muss die Lampions noch aufhängen und ein paar Tische und Stühle aus dem Keller holen. Auch Gläser. Das Tor an der Straßeneinfahrt muss ich noch aufmachen. Gleich kommt unser Trester-Wägelchen. Es wird von einem kleinen Traktor gezogen. Sie haben den fahrbaren Kiosk bestimmt schon gesehen. Meistens steht er am Marktplatz. Er besucht aber auch die ganz Alten, die nicht mehr so weit laufen oder reiten wollen. Die Uschi Trippelsdorf fährt den Traktor. Sie werden sie gleich kennenlernen. Ihr Mann arbeitet übrigens als Nachtwächter. Der Bruno. Der kommt aber erst später, wenn alle gegangen sind. Das Wägelchen muss nämlich bewacht werden. Leider ist es auch im Rathausgarten oder in einer Scheune nicht sicher. Die Hanitzer vergreifen sich nicht daran. Aber manchmal kommen ein paar Burschen aus Schottenheim, Blaubach oder dem noch weiter entfernten Bückelstedt und wollen es stehlen. Wenn Sie den Bruno auch kennenlernen wollen, müssten Sie allerdings so lange bleiben, bis alle Gäste gegangen sind. Dann kommt er. Vielleicht hat er ja einen Fernseher, um nach dem Dienst einschlafen zu können. Bitte helfen Sie mir jetzt mit den Tischen und Stühlen. Sie sind selbstverständlich auch eingeladen."

Uschi Trippelsdorf

Uschi Trippelsdorf

„Selbstverständlich helfe ich", sage ich und bedanke mich bei der Bürgermeisterin für die Einladung. Und ich frage: „Wo steht denn das Tresterwägelchen nachts?"

„Meistens auf dem Marktplatz. Für die Frühaufsteher. Die dürfen sich selbst bedienen. Die Uschi kommt erst später. Dann besucht sie mit dem Wägelchen die Häuser, die am Rand des Dorfes und bei den Weinbergen liegen. Sie fährt auch beim Kranz vorbei und tauscht das Fässchen aus, wenn es leer ist."

Kaum hat die Bürgermeisterin das Gartentor geöffnet, da kommt auch schon die Uschi. Geschickt rangiert sie mit dem Traktor das Wägelchen in die Mitte des Gartens.

37

Silke Freudenreich geht zu ihr. „Uschi, wir haben einen Gast. Ein Reporter. Er wird dich fragen, ob du einen Fernseher hast."

„Fernseher? Nee! Bin ich bekloppt!?

Ich bekomme Uschis Antwort mit, kann mir meine Frage also sparen. Die hat auch keinen. Sie koppelt das Wägelchen ab, schwingt sich wieder auf den Traktor. Ich gehe zu ihr, stelle mich vor.

„Warum haben Sie denn keinen Fernseher?"

„Das Leben im Dorf ist abwechslungsreich genug", antwortet sie. „Ich komme mit allen Menschen ins Gespräch. Die freuen sich, wenn sie mich sehen. Mit den Typen auf der Mattscheibe kann ich mich nicht unterhalten. Die wissen ja gar nicht, dass ich da bin."

„Wie machen Sie das denn, wenn Sie durch das Dorf fahren oder auch in der näheren Umgebung sind. Woher wissen die Leute, dass sie kommen? Sie haben geregelte Ankunftszeiten?"

„Ach was! Sie kennen das doch gewiss vom Eiermann, wenn der durch die Dörfer fährt. Der kündigt sich an durch ein lautes ‚Kikeriki'. Ich habe auch einen Lautsprecher an Bord. Und eine Musikkassette. Ich drücke ein Knöpfchen. Dann wird das Lied abgespielt. Das hören die Leute und kommen aus dem Haus. Warten Sie, ich führe es Ihnen einmal vor."

Sie drückt einen Knopf an der Armatur. Kurz darauf erschallt aus den Lautsprechern, die über dem Traktor an zwei Stangen befestigt sind, das Lied.

„Wir wolle, wolle, wolle was zu trinken. Wir habbe, habbe, habbe Durst. Wir wolle, wolle, wolle was zu trinken. Alles andere ist uns Wurst."

„Ist von dem Neger", sagt die Uschi.

„Neger? Das darf man doch nicht mehr sagen."

„Von dem Ernst Neger. Der heißt so. Den kann ich doch nicht umbenennen!"

Sie stellt das Lied ab. „Sehen Sie, so viel Spaß und Unterhaltung kann mir das Fernsehen nicht bieten. Jetzt wissen Sie, warum ich so einen Apparat nicht habe."

Der Nachtwächter

Bruno Trippelsdorf

Ich will auch den Nachtwächter kennenlernen und bleibe so lange im Rathausgarten, bis alle Gäste gegangen sind. Da erst kommt Bruno Trippelsdorf. Er erscheint mit einer Laterne, einem Fernglas und einem Signalhorn. Er hebt mir die Laterne entgegen, mustert mich.

„Sie sind nicht von hier?" fragt er.

Ich stelle mich vor, schildere ihm mein Anliegen, sage: „Ich bin Gast im Rathaus, mache eine Reportage über Hanitz. Wegen dem Fernsehen. Ich suche jemanden, der die Regel durchbricht und doch so einen Apparat hat. Wie sieht das denn bei Ihnen aus? Die Frau Bürgermeisterin meint, Sie hätten vielleicht einen, um nach dem Dienst einschlafen zu können."

„Einen Fernseher? Sind Sie verrückt? Ich schlafe prächtig ohne. Hätte ich einen, würde ich mich nur über die Kiste ärgern."

„Aber Sie könnten doch einen kleinen tragbaren haben, mit Akku und Antenne. Dann wäre die Nacht nicht so langweilig."

„Die ist nicht langweilig. Ich gucke mir die Sterne an. Zweimal in der Nacht mache ich eine Runde durch das Dorf. Da sieht man allerlei. Fragen Sie mich bitte nicht, was ich sehe. Als Nachtwächter bin ich zur Verschwiegenheit verpflichtet. Aber es ist nichts Schlimmes. Im Gegenteil. Nein, langweilig ist mir bestimmt nicht. Langeweile ist eine Krankheit, die in Schottenheim und Bückelstedt vorkommt. Da hockt jeder vor so einem Fernseher. Und dann kommen sie aus lauter Verzweiflung auf die Idee, uns das Wägelchen zu stehlen. Es ist noch nicht einmal in einer Scheune sicher."

„Und wenn die Burschen aus Bückelstedt oder Schottenheim kommen, blasen Sie in Ihr Horn?"

„Ja. Das ist eine Vuvuzuela, eine afrikanische Tröte. Die macht richtig Krach. Die hören Sie bis zum Gehöft Kranz. Was glauben Sie, wie die Hanitzer aus ihren Häusern kommen, um ihr Wägelchen zu verteidigen! Mit Mistgabeln und Stöcken. Dann laufen die Burschen und stellen neue olympische Rekorde auf. Nein, nein! Das Tresterwägelchen gehört zu Hanitz und darf auf keinen Fall geklaut werden."

Bruder Heinrich

Bruder Heinrich

Die Party im Rathausgarten war recht vergnügt gewesen. Ich hatte fast alle Leute des Ortes kennengelernt, auch diejenigen, die auf meiner Liste standen und die ich noch nicht besucht hatte. Aber um die Stimmung nicht zu trüben, habe ich sie nicht nach ihren Erfahrungen mit dem Fernsehen befragt. Dazu sollten in den nächsten Tagen noch spezielle Einladungen dienen. Auch die sechs Hundertjährigen des Ortes waren anwesend. Ich überschlug rasch die Quote. Sechs Hundertjährige auf 63 Einwohner. Das machte nahezu 10%, eine sensationelle Quote, die man sonst nirgendwo in Deutschland antrifft. Die Kinder waren an dem Abend nicht dabei. Hiawatha hatte die Gelegenheit genutzt, um mit ihnen eine nächtliche Exkursion zu machen. Eulen und Käuze sollten in einem nahen Wald beobachtet werden. Auch hatte man in der Vogelberg-Region seit einiger Zeit hin und wieder Wölfe gesichtet.

Hiawatha hatte einen Sammelplatz des Rudels erkundschaftet und wollte sich mit den Kindern zur Beobachtung anschleichen. Dass die so ein Abenteuer jedem Hocken vor dem Fernseher vorzogen, war mir sofort klar.

Nur der Klosterbruder fehlte. Man erzählte mir, er habe in der Kirche ein übertünchtes Fresko entdeckt und sei so von dessen Freilegung fasziniert, dass er für nichts anderes mehr Zeit hätte. Ich könnte aber trotzdem mein Glück versuchen und würde ihn gewiss in der Kirche antreffen. Wenn nicht dort, dann im Pfarrhaus oder in dem Hildegarten dahinter.

So begebe ich mich also am späten Morgen auf den kurzen Weg vom Rathaus zur Kirche, komme zunächst an dem fahrbaren Kiosk vorbei, wo wie am Tag zuvor ein paar Rentner auf der Bank sitzen mit einer Tasse in der Hand. Sie grüßen mich freundlich. Ich grüße zurück und sage: „So einen Kaffee könnte ich jetzt auch gebrauchen."

„Das ist kein Kaffee", meint einer. „Schmeckt aber auch gut." Und er fügt hinzu: „Und kostet hier nichts."

Ich will nicht schon am Morgen mit dem Hanitzer Nationalgetränk beginnen und gehe rasch weiter zu der kleinen Kirche des Ortes, die, wie ich beim Betreten erkenne, mit ihren gefälligen Rundbögen in einem romanischen Stil erbaut ist. Sie muss ein ehrwürdiges Alter haben, das ich auf etwa 800 Jahre schätze. Bruder Heinrich entdecke ich auf einer Leiter im Chorraum. Er hat einen Spachtel in der Hand und löst vorsichtig den Putz von der Wand. Als er mich sieht, steigt er herab, begrüßt mich, deutet mit dem Spachtel auf eine Figur, die sich an den schon freigelegten Stellen zeigt und sagt: „Das ist der Jakobus. Den erkennt man an der Muschel und dem Pilgerstab. Unsere Kirche ist uralt, aber diese Idioten haben das Fresko einfach überputzt. Macht man so etwas?" Er schüttelt empört den Kopf.

„Welche Idioten?" frage ich.

„Na, alle. Die Evangelischen wie die Katholischen. Haben geglaubt, schmucklose Wände seien modern. Dadurch ist uns lange entgangen, dass hier eine ehrwürdige Pilgerkapelle steht. Hier sind sie im Mittelalter alle durchgezogen nach Santiago de Compostela. Das gibt einen wunderbaren Beitrag im nächsten Heft für Heimatkunde. Sie sind doch nicht von irgendeinem Amt und wollen mich an der Freilegung hindern?" fragt er auf einmal misstrauisch. „Ich kenne Sie noch gar nicht."

Ich stelle mich vor, schildere ihm mein Anliegen. Als das Wort ,Fernseher' fällt, bekreuzigt er sich rasch und murmelt „Gott bewahre!". Ich frage ihn nicht, ob er selbst so einen Apparat hat. Er beantwortet das, indem er eine kleine Predigt hält.

„Wissen Sie, Fernsehen ist, wenn ich am Tag zum Himmel hochblicke oder nachts zu den Sternen am Firmament, die der liebe Gott so schön geordnet hat und leuchten lässt. Fernsehen heißt auch, sich die Frage zu stellen, wohin es mit dem Menschen geht. Aber den Affen in unserem Lande ist es halt lieber, sich vor so eine Kiste zu setzen und sich die Zeit totschlagen zu lassen. Fernsehen – was für ein trügerischer Begriff! In Wirklichkeit ist das eine Kurzsichtigkeit, die in Blindheit mündet. Nein, nein, ich hatte noch nie so einen Apparat und eher würde ich mich kreuzigen lassen, als mir so etwas anzuschaffen."

Bruder Heinrich schüttelt sich. Ein Ekelkrampf hat ihn bei der Vorstellung befallen, einen Fernseher zu besitzen.

„Was ist aber mit den Gebühren?" wage ich dennoch zu fragen.

Da macht er den Scheibenwischer und sagt: „Die sind nicht ganz richtig im Kopf. Verlangen Gebühren für etwas, was man nicht will. Tun so, als sei dieses sogenannte Fernsehen ein Sakrament, nach dem jeder verlangt. Ja, die Gebühren. Zahlen muss ich sie. Da komme ich nicht dran vorbei."

„Aber als bedürfnisloser Mönch haben Sie doch wahrscheinlich keine Einkünfte und könnten von den Gebühren befreit werden", wende ich ein.

„Natürlich habe ich Einkünfte", widerspricht Bruder Heinrich mit einem leisen Vorwurf in der Stimme. „Ich kümmere mich um die Kirche, halte jeden Sonntag eine Predigt, pflege den Kräutergarten des Pfarrhauses, verwalte es auch als Pilgerherberge, empfange Gäste, die in der Stille Zuflucht suchen vor dem Lärm der Welt. Dafür bezahlt mich die Gemeinde. Was ich bekomme, liegt über dem Satz von Hartz IV. Damit bin ich gebührenpflichtig. Aber im Vertrauen: Wir haben hier einen sehr netten Patron aus dem Orient. Der hat die Gebühren für alle Hanitzer übernommen. Aber richtig ist das nicht, dass man für etwas bezahlen soll, das man nicht will. Das ist eine Ungerechtigkeit, Erpressung, Strauchdieberei. Da lebt das alte Raubrittertum wieder auf, bekommt das Mäntelchen ‚Solidarbeitrag' umgehängt. Diebstahl ist es und nichts anderes. Und auch verfassungswidrig. Aber gehen Sie mal vor Gericht und klagen dagegen! Da lernen Sie, wie man

Gesetze verdreht. Aber was soll ich mich darüber aufregen! Ich habe Besseres zu tun."

Bruder Heinrich nickt mir zu, geht zu der Leiter, steigt ein paar Sprossen hoch und beginnt, mit dem Spachtel weiter den Putz von der Wand zu lösen. Ich höre ihn noch murmeln: „Das könnte Maria sein."

Ich will ihn nicht bei seiner Arbeit stören und entferne mich leise. Am Portal der Kirche tauche ich meine rechte Hand in den Weihwasserkessel, bekreuzige mich und spreche die Worte: „Lieber Gott, schütze den Bruder Heinrich und die Hanitzer!"

In der Kräuterapotheke

Paul Bamberger

Wer durch deutsche Dörfer wandert, sieht auf jedem Haus, mehr oder weniger auffällig angebracht, eine Antenne oder eine Satellitenschüssel. Kein Haus ohne Fernseher. Als ich von der Kirche die Dorfstraße entlang gehe, entdecke ich keine einzige Antenne oder Schüssel auf einem Dach. Langsam dämmert mir, dass ich in Hanitz nicht fündig werde. Mit meiner Frage „Haben Sie ein Fernsehgerät?" komme ich mir schon albern vor. Dennoch will ich die Liste, die mir Silke Freudenreich gegeben hat, weiter abarbeiten. Ich finde es einfach ungewöhnlich und auch spannend, wie die Hanitzer leben. So gilt mein nächster Besuch der ‚Kräuterapotheke Bamberger', die sich etwa in der Mitte der Dorfstraße befindet. Es gibt kein Schaufenster, wie sonst bei Apotheken üblich. Nur ein großes und gut lesbares Messingschild neben dem Hauseingang gibt den Hinweis. Ich klingel. Paul

Bamberger, den ich auf der Gartenparty schon kennengelernt habe, öffnet. Er begrüßt mich:

„Schön, da sind Sie ja. Kommen Sie! Ich zeige Ihnen mein Reich."

Er führt mich durch einen langen Flur, und dann betreten wir einen Raum, der Labor und Bibliothek zugleich ist. In der Abteilung für das Labor stehen auf gekachelten Tischen Destillen in unterschiedlichen Größen. Erlenmeyer- und Rundkolben reihen sich in einem Regal. Ich sehe Mörser, Heizpilze, Ständer mit Reagenzgläsern, Bunsenbrenner, Pipetten und Büretten und eine lange Schrankwand, in der sich beschriftete Gläser befinden mit verschiedenfarbigen Flüssigkeiten und Pulvern. Der Laborabteilung gegenüber reihen sich schier endlos Bücher. Es ist ein großer Raum. Man würde eher von einem Saal sprechen.

„Trester biete ich Ihnen keinen an", meint Bamberger. „Wir haben gestern ja lange genug gefeiert. Sie haben doch gewiss einen zumindest kleinen Kater."

„Es geht", sage ich.

„Schön", meint er, geht zu einem Schrank, öffnet die Tür, kommt mit einem Glas und einer blauen Flasche zurück, gießt aus der Flasche eine grüne Flüssigkeit in das Glas und reicht es mir.

„Trinken Sie!" fordert er mich auf. „Der Kater ist im Nu weg."

Ich zögere einen Moment. Aber dann vertraue ich ihm und trinke. Und tatsächlich. Es dauert keine halbe Minute, da sind die Kopfschmerzen wie weggeblasen und ich fühle mich frisch und munter.

Erstaunt frage ich: „Was war das denn?"

„Dorfgeheimnis", sagt er. „Aber da können Sie sehen, was man mit Kräutern erreichen kann. Einen Bestandteil der Tinktur verrate ich Ihnen. Da ist unter anderem Jiaogulan drin, ein Kraut aus den südchinesischen Bergen. Es wird auch Kraut der Unsterblichkeit genannt. Was natürlich eine Übertreibung ist. Unsterblich ist niemand. Die genaue Übersetzung aus dem Chinesischen lautet eher ‚Kraut des langen Lebens'."

„Das ist doch gewiss ein Verkaufsschlager", meine ich. „Ich fühle mich wie neugeboren."

„Nein, nein", sagt Bamberger. „Es wäre ein Verkaufsschlager, aber ich darf es nicht verkaufen. Brüssel hat es verboten. Die Lobby der Pharmaindustrie hat etwas gegen das Kraut. Da hilft es auch nicht, dass es auf chinesischen Medizinkongressen zum hilfreichsten Kraut der Welt gewählt wurde. Es ist intern nur für die Hanitzer."

„Sie importieren das Kraut aus China?" frage ich.

„Ach was! Das wächst wunderbar hier. Ich zeige Ihnen gleich meinen Garten. Da finden Sie etwa 200 verschiedene Heilkräuter. Das Jiaogulan wächst wunderbar. Es ist eine rasch rankende Pflanze, die den Halbschatten liebt. Dieses Kraut enthält übrigens auch den Wirkstoff von Ginseng. Aber in viel höherer Konzentration. Jiaogulan hat einen würzigen, leicht bitteren Geschmack. Sie können das gleich einmal an einem Blättchen probieren."

„Auf dieses Kraut haben Sie sich spezialisiert?"

„Nicht nur. Sie finden bei mir auch Ringelblume, Arnika, Engelwurz, Augentrost und vieles, vieles mehr. Daraus stelle ich Salben und Tinkturen her."

„Das dürfen Sie verkaufen?"

„Nein, auch nicht. Das ist alles für den internen Hanitzer Gebrauch. Die Pharmaindustrie wirft mir einen Knüppel nach dem anderen zwischen die Beine. Das mit dem Verkaufen habe ich schon lange aufgegeben. Ich schenke es den Hanitzern und die schenken mir etwas Geld dafür. Meine Belohnung sehe ich auch vor allem darin, dass es den Menschen hier gut geht, und ich selbst habe auch viel Freude an der Forschung."

Paul Bamberger gerät ins Schwärmen. „Ich verbringe nahezu jede Minute im Garten, im Labor oder in der Bibliothek. Es ist eine herrliche Arbeit und bringt den Menschen Freude und Nutzen."

„Sie haben für nichts anderes mehr Zeit?"

„Doch, doch! Ich habe ja auch eine Familie." Er stutzt kurz, sieht mich prüfend an und fügt dann hinzu: „Ach so, Sie sind ja wegen dem Fernsehen hier. Nein, nein, so einen Apparat haben wir nicht. Man versündigt sich ja an der kostbaren Lebenszeit. Aber kommen Sie jetzt! Ich zeige Ihnen meinen Garten."

Anna-Maria Lindheimer

Anna-Maria Lindheimer

Von der Kräuterapotheke gehe ich weiter zur ‚Goethestube'. „Anna-Maria Lindheimer treffen Sie am besten gegen elf", hatte mir Silke Freudenreich geraten. „Dann fängt sie mit den Vorbereitungen für das Essen an und hat noch etwas Zeit."

Anna-Maria Lindheimer ist die Wirtin der Goethestube und bereitet ganz besondere Mahlzeiten zu, nämlich die der Goethezeit. „Lassen Sie sich überraschen!" hatte die Bürgermeisterin noch hinzugefügt.

„Kann mich hier noch etwas überraschen?" denke ich, als ich um elf an der Goethestube, die noch geschlossen ist, klingel. Anna-Maria Lindheimer öffnet mir. Sie hat eine Schürze umgebunden, eine Mütze auf dem üppigen Haar und rührt schon in einer Schüssel.

„Kommen Sie herein, folgen Sie mir in die Küche!" sagt sie. „Da zeige ich Ihnen, was ich mache. Heute gibt es gefüllte Laubfrösche."

„Sie kochen chinesisch?" frage ich.

„Aber nein", lacht sie. „Das heißt nur so, weil es aussieht wie Frösche. Das sind gewickelte Mangoldblätter mit gebratenem Rindermet und Majoran. Das hat der alte Goethe besonders gemocht. Wissen Sie, ich koche die alten Rezepte nach. Hier bekommen Sie zum Beispiel Rapontica-Salat und Topinambur und vieles mehr. Alles, was Goethe zu Hause oder am Weimarer Hof genossen hat. Das war nämlich ein richtiger Schlemmer."

„Und woher haben Sie diese Rezepte?" frage ich.

„Ach, ganz einfach. Ich habe mir das Kochbuch von Goethes Großmutter besorgt. Bei der war er oft als Knabe und hat gefuttert. Und dann stehen ganz viele Rezepte in dem Briefwechsel, den Goethe mit seiner Frau hatte. Über 3000 Briefe. Stellen Sie sich das vor! Die hatten damals noch Kultur. Nicht so wie heute, wo die Leute verblöden und dummes Zeug simsen."

„Woher bekommen Sie denn diese Sachen wie Rapontica und Topinambur?" will ich wissen.

Meine Frage kommt fast wie eine Beleidigung an.

„Na", meint sie, das habe ich selbstverständlich in meinem Garten. Und auch die ganzen Gewürzkräuter, die man damals hatte. Hier, sehen Sie mal! Ich erweitere gerade meine Speisekarte um ein neues Gericht."

Sie reicht mir eine Karte, die sie auf einem der Küchentische liegen hat. Manches kommt mir vertraut vor wie ‚Königsberger Klopse' oder ‚Szegediner Gulasch'. Von anderen Sachen habe ich noch nie gehört. Wie etwa ‚Wildes Huhn mit Quitten'. Erstaunt bin ich über die Preise, die bei den Gerichten stehen. Nichts ist teurer als vier Euro.

Ich frage die Lindheimerin danach.

„Ja", sagt sie. „Diese Schurken mit der Umstellung von DM auf Euro! Damals haben sie uns erzählt, es würde fair umgerechnet. Aber was ist kurz darauf passiert? Die Preise schnellten nach oben. Alles hat sich verdoppelt oder vervierfacht. Unsere armen Rentner! Denen hat man damit die Kaufkraft halbiert. So etwas mache ich nicht mit. Ich habe die alten Preise gehalten."

Sie beginnt in einem großen Topf zu rühren. „Die Fröschel sind schon fertig", sagt sie. „Das hier ist die Vorbereitung für Morgen. Sizilianischer Bauerneintopf."

„Sizilianisch? Ich denke, Sie kochen nach der Goethezeit."

„Ja, sicher. Der war doch auch in Italien. Sizilien und das Essen dort hat er besonders geliebt."

Sie rührt und sagt nach einer Weile: „Aber Sie kommen ja nicht wegen dem Goethe. Wie ich gehört habe, wollen Sie nicht glauben, dass hier niemand einen Fernseher hat."

„Ja", sage ich. „Das ist schon eine Überraschung. Bisher habe ich in dem Dorf noch keinen Fernseher entdeckt. Seltsam."

„Bei mir finden Sie auch keinen", lacht sie. „Was soll ich damit? Ich habe Besseres zu tun. Stellen Sie sich mal vor, zu Goethes Zeit hätte es schon so ein Gerät gegeben. Der hätte das nie über die Schwelle seines Hauses gelassen. Das war nämlich ein Sinnenmensch, der das Reale liebte. So einen virtuellen Trip hätte er verabscheut. ‚Teufelszeug' hätte er gesagt."

Solchermaßen über Goethe aufgeklärt verabschiede ich mich und muss versprechen, Morgen zu dem Bauerntopf zu kommen. Die Laubfrösche seien leider alle schon vorbestellt. Da könne sie auf die Schnelle keinen mehr machen.

„Es gibt auch einen guten Hanitzer Wein dazu", versichert sie mir. „Der ist hier frei."

Nach den Gebühren für das Fernsehen habe ich sie nicht gefragt. Ich wusste es ja schon. Die übernimmt der Scheich.

Heidi Wohlgemuth – Kulturbüro Hanitz

Heidi Wohlgemuth

Sie ist das Herz der Kulturveranstaltungen. Heidi Wohlgemuth hält alle Fäden in der Hand. Dazu braucht sie nicht viel. Ein kleines Büro in der Dorfstraße, eine Schreibmaschine, ein Telefon und viel Papier. Sie stellt das Kulturprogramm zusammen, schreibt die Einladungen und bringt sie, da die meisten Wege in Hanitz kurz sind, persönlich vorbei.

Nahezu jeden Tag ist in Hanitz etwas los. Der Shantychor singt, ein Theaterstück wird aufgeführt, ein Konzert ist angesagt, eine Lesung steht an, ein Vortrag muss angekündigt, eine Ausstellung organisiert werden. Und außerdem gibt es noch zahlreiche Scheunenfeste, Kasperle-Theater für die Kinder, Erntedank für Wein und Trester, einen kulinarischen Verwöhnabend, das Kräuterfest, Segnung von Pferd und Esel, Junggesellenabende, Hochzeiten, das Schützenfest im Juli, Geburtstagsfeiern für die Hundertjährigen und noch einiges mehr.

„Fünf Scheunen sind allein für kulturelle Zwecke umgebaut worden", erklärt mir Frau Wohlgemuth. „Die Theaterstücke schreibt unser Dorfdichter. Es sind alles eigene Hanitzer

Kompositionen. Eine Ausnahme machen wir nur bei Friedrich Schiller. Sein ‚Wilhelm Tell' ist hier der Renner. Wir haben ihn allerdings etwas umgeschrieben. Da gibt es nicht mehr den Landvogt Gessler, sondern den Minister für Political Correctness. Sie wissen ja, wenn man in Deutschland etwas gegen die allgemein gewünschte Meinung sagt, bricht sofort ein Sturm der Entrüstung los. Das, was wir hier machen, ist natürlich nicht so perfekt wie die Aufführungen im Fernsehen. Manchmal trifft unser Orchester den Kammerton A nicht, unser Dichter stottert ein wenig beim Lesen, der Maler bringt es nur auf ein Bild pro Jahr, die Schauspieler vergessen manchmal den Text und improvisieren. Aber wir haben unseren Spaß."

„Das schafft man alles mit 63 Einwohnern?" frage ich verwundert.

„Aber ja. Wir haben sogar einen Schützenumzug. Der ist natürlich nicht so groß wie etwa der in Neuss. Vorneweg reitet der Schützenkönig. Dann folgen die fünfköpfige Kapelle und die Hanitzer Schützen in zwei Viererreihen. Dahinter kommt eine Kutsche mit unseren Hundertjährigen. Den Abschluss bildet das Tresterwägelchen. Der ganze Umzug ist zwar in zwei Minuten vorbei, aber dann wird drei Tage lang in der Scheune gefeiert."

„Bei dem Programm", stelle ich fest, „erübrigt es sich wohl, auch Sie zu fragen, ob Sie einen Fernseher haben."

„Was soll ich damit!?" meint Heidi Wohlgemuth entrüstet. „Das ist doch nur Zeitverschwendung, sich vor so eine Kiste zu setzen. Man glotzt nur und nimmt an nichts richtig teil. Klatschen Sie doch mal bei einem Theaterstück im Fernsehen! Wer hört es? Wer freut sich? Niemand. Die wissen doch gar nicht, dass Sie da sind. Das ist bei unseren Aufführungen ganz anders. Da freuen sich die Schauspieler, wenn sie Beifall bekommen und werden angespornt noch besser zu sein. Nein, nein! So ein Gerät brauchen wir hier nicht. Das Hanitzer Beispiel macht übrigens Schule. Immer mehr Menschen in den umliegenden Orten, in Schottenheim und Blaubach und sogar im entfernteren Bückelstedt, wollen ihren Fernseher nicht mehr. Sie wollen bewusster und gesünder leben, selber kreativ sein. Eigener Sport statt Sportschau. Mit dem Nachbarn wieder sprechen, statt stumm vor so einer Kiste zu sitzen. Wir Hanitzer helfen ihnen dabei, haben einen Entsorgungsdienst eingerichtet. Den macht die Waltraud Hoppe. Er ist gebührenfrei und wird aus der Gemeindekasse finanziert. Wir wollen, dass auch andere Menschen glücklich und zufrieden sind. Steht die Waltraud auf Ihrer Liste?"

Ich schaue nach. „Nein", sage ich. „Ich bin ja hier auf der Suche nach jemandem, der vielleicht doch einen Fernseher hat. Da ist die Frau Hoppe als Entsorgerin nicht aufgeführt."

„Sprechen Sie trotzdem einmal mit ihr. Über ihre Erfahrungen mit dem fernsehfreien Leben. Ich gebe Ihnen die Adresse."

Entsorgungsdienst Hoppe

Waltraud Hoppe

Waltraud Hoppe ist eine der wenigen in Hanitz, die Auto fahren. Anders geht es aber auch nicht, wenn sie die umliegenden Orte besucht, um Fernseher zu entsorgen. Ich habe Glück, treffe sie an, als sie gerade in ihren Wagen steigen will, um nach Schottenheim zu fahren, wo zwei Rentner des Apparates überdrüssig geworden sind.

„Das könnten die doch selber machen", wende ich ein. „Braucht es dazu einen besonderen Dienst?"

„Ja", meint Waltraud Hoppe. „Ich muss auch psychologische Hilfe leisten."

Sie hebt ein Hämmerchen hoch, das sie auf ihren Fahrten stets dabei hat. „Damit", erklärt sie mir, „schlage ich in Gegenwart des Kunden vor die Mattscheibe, dass sie zerspringt. ‚Jetzt ist das alte, passive Leben vorbei', sage ich. ‚Ein neues, besseres beginnt.' Das ist ein sichtbarer Akt, der Wirkung zeigt. Ist der Fernseher endgültig abtransportiert, biete ich auch telefonische Beratung und Ermunterung an. Denn manche haben sich so sehr an das Fernsehen gewöhnt, dass sie für ein paar

58

Tage hilflos sind und vor der neuen Freiheit erschrecken. Aber dann geht es einem bald immer besser und man erkennt den Segen. Das Leben wird nach der Geräteentsorgung beschwingter, kreativer, lust- und sinnvoller. Aber es braucht halt eine gewisse Zeit, bis man auf dieser neuen Spur ist und sie zu schätzen weiß."

„Woher wissen die Leute von Ihrem Dienst?" frage ich.

„Wir haben Anzeigen im ‚Bückelstedter Boten' geschaltet. Das ist die wichtigste regionale Zeitung, die auch in Schottenheim und Blaubach gelesen wird. Am Anfang haben wir mit dem Slogan geworben ‚Nie mehr fernsehen - Bleib am echten Leben dran, rufe Waltraud Hoppe an!' Aber das ist manchmal missverstanden worden. Jetzt investieren wir für die Aufklärung über das fernsehfreie Leben etwas mehr Geld und erklären unser Anliegen ausführlicher."

„Und wie ist der Erfolg Ihrer Geräte-entsorgung?" will ich wissen.

„Nun ja, wir stehen erst am Anfang dieses Projektes. Es läuft seit einem halben Jahr. Wenn Sie sich für genaue Zahlen interessieren: In Bückelstedt hatte ich bisher 27 Entsorgungen, in Schottenheim, die heutigen mitgerechnet, 18 und in Blaubach 12. Verglichen mit der Anzahl der noch vorhandenen Fernseher scheint das nicht viel. Aber es wird sich herumsprechen, wie gut es den Leuten geht, wenn sie nicht mehr vor dem Fernseher sitzen. Das Beispiel wird Schule machen. Alles, was groß wird, hat einmal klein angefangen."

Der alte Rübsamen

Fritz Rübsamen

Gegen Mittag mache ich mich noch einmal auf den Weg zur Schule. Da liegen die Hanitzer Tennisplätze. „Fritz Rübsamen treffen Sie dort immer mittags an", hatte mich die Bürgermeisterin informiert. „Dem macht die Hitze nichts. Das ist unser deutscher Seniorenmeister. Er ist schon 108 Jahre alt."

Bei Rübsamen mache ich mir ein Fünkchen Hoffnung, denke, der hat doch bestimmt einen Fernseher, weil er Sportübertragungen gucken will. Wimbledon zum Beispiel oder Roland Garros. Der fährt doch da nicht hin und entgehen lassen will er sich das nicht. Was bleibt ihm anderes übrig, als sich so ein Gerät anzuschaffen und zu Hause teilzunehmen.

Die Sonne knallt an diesem Tag vom Himmel und es ist heiß. Ich schwitze schon beim Gehen. Und richtig treffe ich Fritz Rübsamen auf dem Tennisplatz, wo er gerade mit einem erheblich Jüngeren spielt. Die Hitze macht ihm anscheinend nichts. Leichtfüßig läuft er zwischen Netz und Grundlinie hin und her.

Als er mich kommen sieht, bedeutet er seinem Gegner, eine Pause zu machen, setzt sich auf eine Bank am Rand des Spielfelds, winkt mich zu sich.

„Habe schon von Ihnen gehört", sagt er, als ich bei ihm bin. „Sie sind von der Zeitung. Sportzeitung?"

„Nein, nein. ‚Brohler Abendblatt'. Ich bin gekommen, um Hanitz näher kennenzulernen. Die Hanitzer lehnen ja das Fernsehen ab. Das hat mich interessiert. Sie haben doch bestimmt einen Apparat, um Tennis zu gucken."

„Wo denken Sie hin!" antwortet er verächtlich. „Da ist nichts zu gucken. Solche Sportübertragungen sind den Bezahlsendern vorbehalten. Da sind die Gebühren noch höher. Das sind doch alles Ganoven. Außerdem spiele ich lieber selber, statt mir das im Fernsehen anzuschauen. Da, wo bei anderen Leuten der Fernsehapparat steht, habe ich ein Aquarium. Das ist viel schöner. Meerwasser mit Clownfischen. Da haben Sie immer was zum Gucken und Staunen. Es beruhigt, während ich vom Fernsehen Kopfschmerzen bekommen würde."

„Toll!" sage ich bewundernd. „Dass Sie als Dorfältester noch Tennis spielen und sogar deutscher Seniorenmeister sind."

„Ja, ja", sagt er. „Ich bin in meiner Altersklasse auf Ranglistenplatz eins. Aber wen wundert's. Ich bin ja auch der einzige."

Und dann meint er bedauernd: „Schade eigentlich, wenn man so die Punkte bekommt. Aber was soll ich machen? Vor zwei Wochen war ich bei einem Turnier im Schwarzwald. Bin direkt ohne zu spielen ins Finale gekommen. Was passiert? Mein Gegner verstirbt auf der Anreise. Na ja, die Punkte habe ich trotzdem bekommen und auch den Pokal. Aber so ganz zufriedenstellend ist das nicht. Aber es kommen wieder bessere Zeiten. In einem Monat haben wir nämlich hier in Hanitz ein internationales Turnier in meiner Altersklasse. Da hat sich schon einer aus Taiwan angemeldet, ein anderer aus Kasachstan und ein Japaner."

„Dann können Sie wenigstens Halbfinale spielen", werfe ich ein.

„Halbfinale? Wir spielen ‚Round Robin'."

„Round Robin?"

„Na, Sie haben vom Tennis wohl gar keine Ahnung. ‚Round Robin' ist jeder gegen jeden. Am Ende werden die Punkte abgerechnet. Bei einer Viererergruppe kommen wir für die Zuschauer auf insgesamt sechs Spiele. Können Sie nachrechnen."

„Wird schon stimmen", sage ich und frage: „Sie trainieren täglich?"

„Aber ja doch. Soll ich etwa auf der Couch herumliegen? Bewegung hält fit und Tennis macht einfach Spaß."

„In Ihrem Alter. Das ist bewundernswert", lobe ich mit echter Anerkennung. „Da gehört doch sicher viel Disziplin zu. Mit Essen und Trinken. Rauchen ist da auch verboten."

„Ach was!" klärt mich Rübsamen auf. „Ich hab' hier täglich meinen Trester. Und eine Zigarre am Abend ist was Feines. Außerdem habe ich vor zwei Jahren geheiratet. Eine junge Frau. Aus dem Nachbarort Schottenheim. 78 ist die erst. Die zieht mir die Ohren lang, wenn ich nichts mehr tue. Und außerdem haben wir hier eine Kräuterapotheke. Da gibt es Elexiere, da träumen Sie nur von."

„Mit wem spielen Sie gerade?" frage ich ihn.

„Das ist der Waldemar, der Sohn vom Kranz. Er ist 31, hat aber den ersten Satz 1:6 verloren. Jetzt steht es schon wieder 5:0 für mich. Ich bin gleich mit dem Aufschlag dran. Ein Break schafft der nicht. Der Waldemar ist von den Jungen hier im Ort noch der Beste. Hier im Ort verliere ich nur gegen die Cilli. Cilli Weinbauer. 90 wird die und läuft noch wie eine junge Katze. Und eine Technik hat die! Vorhand, Topspin, Wumms! Rückhand, beidhändig, Wumms! Aber wen wundert's. Die hat ja 1948 Wimbledon gewonnen."

„In Hanitz wohnt eine Wimbledonsiegerin?"

„Ja, wussten Sie das nicht? Wir haben ihr hier sogar eine Briefmarke gewidmet. Zum fünfzigsten Jubiläum ihres Triumphes."

„Sie sieht sich doch sicher gerne den Film von damals an?"

„Weiß ich nicht. Kann schon sein. Aber da müssen Sie sie selbst fragen. Sie wohnt nur 500 Meter vom Tennisplatz entfernt, Richtung Gehöft Kranz. Ist ein alleinstehendes Fachwerkhäuschen mit lauter Rosen im Vorgarten. Können Sie gar nicht verfehlen."

Cilli Weinbauer

Briefmarke, Cilli Weinbauer

So gehe ich also nach der Begegnung mit Fritz Rübsamen von den Tennisplätzen zum alleinstehenden Fachwerkhäuschen von Cilli Weinbauer. Warum steht sie nicht auf der Liste, die mir Silke Freudenreich gegeben hat? überlege ich. Vielleicht, weil sie einen Fernseher hat? Zumindest dürfte sie den benutzen, um sich Filme von ihren früheren Triumphen anzuschauen. Hoffnung keimt auf, wenigstens bei ihr solch ein Gerät zu finden.

Als ich das gepflegte und anheimelnde Anwesen erreiche, habe ich Glück. Cilli Weinbauer steht gerade in ihrem Vorgarten und beschneidet Rosenstöcke. Ich stelle mich vor, erzähle von meiner Mission.

„Sie haben doch gewiss einen Fernseher", steure ich direkt auf mein Anliegen zu „und schauen sich Ihre Filme von früher an. Ist die Erinnerung nicht ein unverzichtbares Glück?"

Sie sieht mich mit großen Augen an. „Fernseher?" fragt sie. „Kommt da ein Vögelchen raus?"

„Nein, nein", antworte ich verwundert. „Das sagt man nur beim Fotoapparat."

„Ich weiß, ich weiß, junger Mann. Das war ein Scherz. Aber einen Fernseher habe ich trotzdem nicht. Die Erinnerung ist in meinem Kopf viel lebendiger, als wenn ich mir das in so einem komischen Kasten angucke. Da sehe ich mir lieber die Pokale in der Vitrine an oder die Briefmarke, die man mir hier gewidmet hat. Außerdem spiele ich immer noch mit dem Fritz Tennis. Erinnerung brauche ich eigentlich nicht. Ich erfreue mich lieber an der Gegenwart. Und solange ich den Fritz noch ans Laufen bringe und ihm die Punkte abknöpfe, ist alles gut. Kennen Sie den Fritz?"

„Ja, ja, ich komme gerade von ihm. Er hat mir Ihre Adresse gegeben und erzählt, dass Sie 1948 Wimbledon gewonnen haben. Er war sehr beeindruckt von Ihnen und dass Sie in Ihrem Alter immer noch spielen und sogar gegen ihn gewinnen."

„In meinem Alter? Das sagt der Fritz? Der ist doch 28 Jahre älter als ich. Haben Sie denn bei ihm einen Fernseher gefunden?"

„Nein, der hat auch keinen. Obwohl, ich dachte, wegen dem Sport hat er einen."

„Junger Mann, den Sport machen wir selbst. Wir setzen uns nicht aufs Sofa und gucken anderen zu. Anderen gucken wir nur zu, wenn es hier in Hanitz ein Turnier gibt. Das ist etwas ganz anderes, wenn man leibhaftig dabei ist. Man sieht auch viel mehr. Das im Fernsehen ist doch nur ein Abklatsch. Als Zuschauer zu Hause sind Sie völlig anonym. Da weiß niemand, dass Sie zugucken. Sport im Fernsehen ist barer Unsinn. Was haben Sie davon? Nichts!"

„Darf ich dann wenigstens nach den Gebühren fragen?" bemerke ich etwas kleinlaut. „Die bezahlen Sie aber und sind dadurch beim Fernsehen mit dabei?"

„Ja, ja, müssen wir hier alle. Eine Unverschämtheit. Genauso gut könnte man von den Affen im Zoo Miete verlangen. Aber erinnern Sie mich bitte nicht an das Thema. Der Scheich bezahlt die Gebühren und damit ist gut. Eine Ungerechtigkeit, eine Erpressung bleibt es aber trotzdem. Die tun ja gerade so, als sei dieser komische Apparat lebensnotwendig wie die Luft zum Atmen. Ein ziemlich überheblicher Verein! Die halten sich für unersetzlich und bestrafen den, der anderer Meinung ist. Ist in etwa so, als müssten Sie für ein Auto Steuer und Versicherung zahlen, haben aber keins. Sie könnten aber eins haben, wenn Sie wollten, denken die. Und schon werden Sie zur Kasse gebeten. Das sind mittelalterliche Methoden. Burgherren-Allüren."

Ich sehe, es hat keinen Zweck, sich mit Cilli Weinbauer über das Fernsehen zu unterhalten. Das bringt sie nur in Rage. Also wechsle ich das Thema, frage:

„Ihre Erinnerungen an Wimbledon sind doch sicher wunderbar."

„Oh ja, junger Mann. Das war 1948. König Georg VI. hat mir persönlich gratuliert. Und das gerade mal drei Jahre nach dem Zweiten Weltkrieg. Eine ganz besondere Ehre. Eine versöhnliche Geste. Anschließend war ich im Schloss der Windsors zum Dinner eingeladen. Sich daran zu erinnern ist doch viel schöner als Fernsehgucken. Da wird doch alle drei Minuten jemand erschossen, erdrosselt oder bekommt einen Schlag auf den Hinterkopf. War mal drei Tage bei einer Freundin und habe da mitbekommen, was diese Fernsehfritzen einem anbieten."

„Sie wollen doch nur zeigen, dass sich Verbrechen nicht lohnen. Der Bösewicht wird am Ende bestraft", wende ich zaghaft ein.

„Unsinn! Das müssen uns diese Hohlköpfe nicht beibringen. Das steht schon in der Bibel."

Ich will nicht mehr bei dem Thema ‚Fernsehen' bleiben. Cilli Weinbauer ist nicht gut zu sprechen auf das Programm, das geboten wird. Und so frage ich:

„Sie haben bei Ihrem Wimbledonsieg schon in Hanitz gewohnt?"

„Ich bin hier geboren und geblieben. Hier geht man nicht weg."

„Die Hanitzer, habe ich gehört, haben Ihnen sogar eine Briefmarke gewidmet?"

„Ja, das war rührend. 1998 zum fünfzigsten Jubiläum meines Wimbledon-Sieges."

„Wie alt waren Sie bei Ihrem Triumph?"

„Gerade mal zwanzig."

„Die Briefmarke konnte man bundesweit benutzen?"

„Wo denken Sie hin!? Die war nur für die Post in Hanitz. Da konnten Sie keine Briefe oder Pakete nach draußen mit verschicken. Das war nur eine interne Ehrung. Aber kommen Sie doch ein Weilchen mit hinein! Ich schenke Ihnen eine von den Marken. Ein Gläschen Trester kann ich Ihnen auch anbieten."

Konnte ich zu dem Trester ‚Nein' sagen? So ging ich also mit in ihr Häuschen, bewunderte die Pokale in der Vitrine und bekam eine Briefmarke geschenkt.

„In dem Original-Kostüm, das Sie auf der Marke sehen", erzählt mir Cilli Weinbauer, „habe ich damals auch Tennis gespielt. Da gab es noch Stil, Manieren und Tradition. Heute laufen die auf den Plätzen ja wie die Piraten herum, bunt wie die Papageien. Auch der Fritz ist davon schon infiziert. Tennis ist ein weißer Sport, junger Mann. Das ist adlig. Wie Wimbledon adlig ist. Den Schirm, den Sie hier sehen und den Fächer, hatte ich natürlich auf dem Platz nicht in der Hand. Aber den guten alten Holzschläger. Der hat noch die richtigen Vibrationen. Mit dem spiele ich immer noch. Und wie! Fragen Sie den Fritz!"

„Hat er mir erzählt. Aber er bedauert, dass Sie mit ihm nicht mehr zu den Seniorenturnieren fahren wollen wie noch vor drei Jahren."

„Wen wundert's? Der Fritz will ja nicht nur Tennis spielen. Wenn Sie wissen, was ich meine."

„Verstehe. Aber er hat ja jetzt, wie er sagt, eine junge Frau geheiratet."

„Trotzdem. Der Fritz krabbelt nachts überall herum. Kann seine Finger nicht bei sich behalten. Bei einem Turnier muss man sich auf Tennis konzentrieren. Das geht mit dem Fritz nicht. Und außerdem, wie der aussieht! Geht nie zum Friseur, lässt Haare und Bart einfach wachsen. Tut so, als gehöre er zu den 68ern. Dabei ist er 1900 geboren und hat den Kaiser Wilhelm noch erlebt. Nein, nein! Nicht mit dem Fritz. Da gefällt mir der Egon Meisenheimer besser. Unser Konzertmeister. Mit dem habe ich seit zwei Jahren eine Beziehung.

Junger Mann, Sie suchen hier im Ort einen Fernseher. Wie langweilig! Es gibt spannendere Geschichten. Wenn Sie wüssten, was nachts in Hanitz los ist! Da stehen die Türen offen. Hier wird nichts abgeschlossen. Die Lindheimerin schleicht zum Bamberger. Die Wohlgemuth setzt sich aufs Pferd und reitet zum... Na, raten Sie mal!"

Ich zucke mit den Schultern. „Keine Ahnung."

„Zum Hiawatha. Und gehen Sie nachts mal bei unserem Maler, dem Kaminski vorbei. Der sagt, er würde nachts immer malen. Da brennt aber nie Licht in seinem Atelier. Der ist unterwegs. Wir haben nämlich ein paar lustige Witwen hier im Ort. Und die Freudenreich schließt auch nachts das Rathaus nicht ab. Von der Gemeindeschwester will ich erst gar nichts erzählen. Wo die überall herumturnt! Ja, ja, junger Mann, selbst unsere Hundertjährigen, bis auf den Peters, streunen nachts herum und wissen, wo man sich vergnügen kann. Vor einem Fernseher sitzen: wie langweilig! Hier in Hanitz ist immer was los. Da hat sich noch niemand über Einsamkeit beklagt. Verreisen muss ich auch nicht. Besonders nicht mit dem Fritz zu irgendwelchen Turnieren. Das würde der Egon gar nicht gerne sehen."

„Der Konzertmeister?"

„Ja. Egon Meisenheimer."

„Da gehe ich übrigens als nächstes hin", erzähle ich Cilli Weinbauer.

„Na, dann grüßen Sie ihn mal lieb von mir."

Der Konzertmeister

Egon Meisenheimer

Der Hanitzer Konzertmeister wohnt etwas außerhalb des Dorfkerns, auf halbem Weg zum Gehöft Kranz, nicht weit vom Anwesen Cilli Weinbauers. Er bewohnt ein mit Blumen geschmücktes Fachwerkhaus, hinter dem ein halb verwilderter Garten liegt. Statt einer Klingel hat er eine Glocke mit der Inschrift ‚Audi vocem meam' – höre meine Stimme. Unter der Glocke ist ein Namensschild.

‚Egon Meisenheimer – Konzertmeister' steht da. Ich schlage die Glocke an, und kurz darauf erscheint ein Mann mit Hut und einer Zigarre im Mund.

„Ich habe Sie schon erwartet", begrüßt er mich. „So etwas spricht sich ja schnell herum. Kommen Sie herein! Folgen Sie mir in den Salon! Ich war gerade dabei, ein Liedchen für Sie zu komponieren."

Ich folge ihm in einen großen Raum, der nahezu das ganze Untergeschoss des Hauses einnimmt. Dort setzt er sich an ein Klavier, greift flink in die Tasten und singt dazu: „Es geht ein Bibabutzemann in unserm Dorf herum, Dideldum. Er guckt da und er guckt hier, aber ich versicher dir, nirgendwo ist ein Versteck. Der Fernseher ist weg."

Er steht auf, lacht, sagt: „Nichts für ungut. Sie verstehen doch bestimmt Spaß. Ich weiß ja, wie ungewöhnlich das den Leuten erscheint, wenn jemand keinen Fernseher hat. Und dann gleich ein ganzes Dorf. Möchten Sie auch einen Trester?"

Ich lehne ab, antworte: „Danke. Ich hatte meine Ration gerade. Ich habe noch viel vor heute."

„Ja, ja, sehen Sie sich in unserem Dorf ruhig um. Sie werden hier keinen einzigen Fernseher finden. Das weiß ich. Wir beschäftigen uns nämlich selber. Ich zum Beispiel komponiere, veranstalte Konzerte, leite den Dorfchor. Da hat man gar keine Zeit, sich vor so ein Gerät zu setzen. Es ist eine Sünde, die Zeit zu vergeuden, die der liebe Gott einem geschenkt hat."

„Bin ich eigentlich der erste, der über Ihr Dorf eine Reportage machen will?"

„Oh, nein. Der zweite. Vor Ihnen war ein Team vom Fernsehen hier, wollte einen Film über uns machen. Aber Silke Freudenreich, unsere Bürgermeisterin, hat denen gesagt: ‚Wir haben hier keinen Fernseher und erst recht treten wir nicht bei eurem Verein auf. Schert euch zum Teufel, ihr Wichtigtuer! Wir brauchen euch nicht.' Da sind sie unverrichteter Dinge wieder abgezogen, haben das nicht verstanden, dass jemand nicht ins Fernsehen will."

„Ist auch schwer zu verstehen", pflichte ich ihm bei. „Wo doch alle Welt sich danach drängt, vor die Linse zu kommen. Die Leute nehmen dabei ja jede Lächerlichkeit in Kauf. Die Hauptsache, sie können sagen: ‚Ich war im Fernsehen!'"

„So ist es", stimmt der Konzertmeister zu. „Der Fernsehwahn beherrscht die Welt."

Egon Meisenheimer geht wieder zum Klavier, setzt sich, schlägt Akkorde an. „Sie bringen mich auf eine Idee", sagt er. „Ich werde ein Musical komponieren. ‚Der vernetzte Idiot' oder so ähnlich. Das wird ein Spaß!"

Scheng Kaminski

Scheng Kaminski

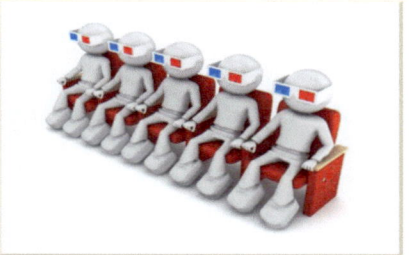

‚Gleichschaltung', 3x5 Meter, Acryl

Nicht weit vom Haus des Konzertmeisters ist das Atelier des Dorfmalers Scheng Kaminski. Kaminski hat den Ort vor 15 Jahren kennengelernt. Er war aus dem Ruhrgebiet gekommen und spontan in Hanitz geblieben. Auch er ist schon über mein Kommen informiert.

„Da sind Sie ja!" begrüßt er mich überschwänglich. „Ich habe Ihnen mein neues Bild zu verdanken. Sie haben mich dazu angeregt. Ich habe die ganze Nacht daran gearbeitet."

Er führt mich in sein Atelier, sagt: „Da sehen Sie! Großformat. Drei mal fünf Meter. Das kommt Morgen als mein neuestes Werk in unsere Galerie. Die Vernissage ist in einer Woche. Sie sind selbstverständlich auch eingeladen."

Ich betrachte das Bild. Er hat es an der Wand aufgehängt. Die Farben glänzen noch frisch.

„Die Figuren sehen ja alle gleich aus", bemerke ich mit einem Anflug von Kritik.

„Ja, das ist es doch gerade. Das Bild hat den Titel ‚Gleichschaltung'. Die Leute bekommen durch das Fernsehen doch alle eine Gehirnwäsche, werden gleichgeschaltet, mental uniformiert. Eine riesige Verblödung ist im Gange."

„So kann man es auch sehen", sage ich. „Sie zu fragen, ob Sie selber einen Fernseher haben, ist wohl überflüssig."

„Allerdings! Im Ruhrgebiet da hatte ich so etwas noch. Aber seitdem ich hier male, habe ich keine einzige Minute mehr ferngesehen. Das Gerät ist auf den Sondermüll gekommen. Ich male lieber und lese Bücher. Das Buch ist ein stiller Freund. Beim Fernsehen wird man ja von den Bildern überrannt. Das geht nur noch zack-zack-zack. Die Kamera erzählt bei Filmen nicht mehr ruhig. Die Beschleunigung hat zugenommen. Da wird man ja ganz krank. Und was die sich oft für einen Wirrwarr zusammenspinnen! Und wie anonym das ist! Sie werden zwar zur Tagesschau begrüßt, aber derjenige, der da spricht, kennt sie gar nicht. Und wenn die Lottofee Ihnen viel Glück wünscht, meint sie zugleich 80 Millionen andere. Das ist doch pervers. Sie gehören einfach ohne Namen und Persönlichkeit zu einer grauen Masse. Sie sind Konsument und Trottel und nichts anderes. Und wie die sich immer selber feiern! In Talkshows und bei Preisverleihungen. So etwas kann man sich doch nicht ansehen. Ich bitte Sie, mein Herr! Welcher gesunde Mensch mit einem Fünkchen Verstand braucht denn einen Fernseher!?"

„Und was ist mit den Gebühren?" will ich wissen.

„Ach, das ist doch einfach nur schäbig. Die soll ich bezahlen, ohne dass ich einen Fernseher habe. Das ist staatlich verordnete Erpressung. Aber Gott sei Dank haben wir unseren Scheich. Da werden Sie ja von gehört haben. Was soll man gegen gesetzlich verordnete Gebühren schon unternehmen? Da haben Sie keine Chance. Und ins Gefängnis wie der Schäferhannes will ich nicht. Es sei denn, die richten mir da ein Atelier ein."

Kaminski macht eine wegwerfende Handbewegung. „Was soll das!? Das Thema ist für mich seit langem erledigt, aber Dankeschön, dass Sie mich noch einmal auf eine Idee gebracht haben. Darf ich Ihnen etwas anbieten? Einen Trester?"

„Nein danke!" antworte ich. „Ich habe heute noch einige Besuche vor mir."

Die Gemeindeschwester

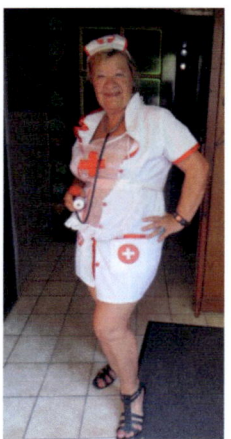

Margarethe Ringelbloom

Am Nachmittag treffe ich die Hanitzer Gemeindeschwester. Sie heißt Margarethe Ringelbloom. Sie wird aus der Gemeindekasse bezahlt nach einem alten chinesischen Modell. Für jeden Gesunden im Ort bekommt sie im Monat 50 Euro. Ist jemand nicht gesund, wird nicht für ihn oder sie bezahlt. Die Gemeindeschwester verdient also an den Gesunden und nicht an den Kranken. Man nennt das den präventiven Ansatz. Das ist ein ganz anderes und viel sinnvolleres System. Je mehr Gesunde es gibt, desto größer ist das Honorar. Und nicht, je mehr Kranke es gibt, desto mehr verdient der Doktor.

Margarethe Ringelbloom kümmert sich um Ernährung, Bewegung und Lebensführung, sucht Kräuter aus, berät und hilft, damit es den Hanitzern und ihr selbst gut geht.

„Was ist mit dem Trester?" frage ich.

„Ach", meint sie, „das halten wir wie dereinst die englische Königinnenmutter. Ein Gläschen Alkoholisches zum Frühstück schadet nicht. Es können auch zwei sein. Insbesondere unsere Alten leben dann richtig auf. Und war es einmal zu viel, gehe ich zum Bamberger und besorge das Elexier. Bisher hat der Trester nur Gutes bewirkt. Niemand ist krank. Nur der alte Herr Peters ist zurzeit etwas schwach auf den Beinen. Aber er ist ja auch schon 105 und hat ein bewegtes Leben hinter sich. Er ist viel in der Welt herumgekommen und hat für seine Forschungen sogar das Bundesverdienstkreuz bekommen. Aber jetzt kann er leider nicht mehr reisen und forschen, und er kommt auch kaum noch aus dem Haus."

„Ausgezeichnet", bemerke ich. Und füge sofort, ehe es missverstanden wird, hinzu: „Ich meine, das ist interessant für meine Reportage. Ich darf doch davon ausgehen, dass Herr Peters unter diesen Umständen einen Fernsehapparat hat.

„Aber nein, hat er nicht", sagt Margarethe Ringelbloom. „Seit zwei Jahren ist er etwas wirr im Kopf. Er ist dement. Wenn ich zum Beispiel bei ihm klingel, öffnet er, sagt: ‚Die Kegelbahn ist heute geschlossen' und schlägt die Tür wieder zu."

„Verstehe, dann kann er auch nicht fernsehen und muss die Gebühren nicht bezahlen."

„Von wegen. Wir haben sogar ein Attest eingereicht, um Herrn Peters von den Gebühren zu befreien. Was passiert? Die schreiben zurück: ‚Eine Demenz ist kein Grund, nicht fernzusehen.' Wahrscheinlich haben die sich gedacht: ‚Ein guter Zuschauer. Wegen der vielen Wiederholungen.'"

„Und Sie selbst?" frage ich. „Nach einem anstrengenden Arbeitstag tut es doch gut, sich vor dem Fernseher zu entspannen."

„Entspannen? Mit so etwas? Die Nachrichten machen mich depressiv. Da eilen Sie doch nur von Krise zu Krise. Und einen Mord nach dem anderen will ich mir auch nicht ansehen. Die kennen doch nur noch Krimis. Oder soll ich mir etwa ansehen ‚Welche Grillwürstchen sind die besten – der große Fernsehcheck'? Nein, da halte ich mich lieber an unsere Kulturveranstaltungen. Vor dem Fernseher bin ich nur passiv. Bei uns im Chor kann ich mitsingen. Das ist doch viel schöner. Da kann ich entspannen. Aber doch nicht beim Fernsehen."

Langsam dämmert mir, dass ich in Hanitz auf der Suche nach einem Fernseher wirklich nicht fündig werde. Weder bei den Jungen noch bei den Alten.

„Gibt es denn hier bestimmt niemanden, der einen Fernseher hat?" frage ich.

„Nein, niemand. Ich bin seit dreißig Jahren hier, und da hat es nur einen einzigen Fall gegeben. Das war der Herr Frey. Hans-Peter Frey. Der hat jeden Tag geguckt und war richtig süchtig danach, obwohl ihm beim Fernsehen immer der Blutdruck stieg. Es hat auch nicht lange gedauert, da ist er gestorben. Die Hanitzer haben ihm übrigens einen schönen Grabstein gewidmet. Den müssen Sie sich mal ansehen. Sie finden ihn auf dem kleinen Friedhof hinter der Kirche."

„Wenigstens etwas!" denke ich. „Es hat ja doch einen Menschen gegeben, der geguckt hat."

Ich mache mich also auf den Weg zum Friedhof und finde auch bald das Grab. Auf dem Grabstein lese ich: „Hier liegt Hans-Peter Frey. Er wollte stets

Fernseh'n und behielt es auch bei. Er hat das Gerät nicht weggenommen. Drum ist er recht rasch in den Himmel gekommen."

Habib regelt den Verkehr

der Verkehrsminister

,Minister' genannt zu werden, lehnt er bescheiden ab, obwohl ihm das nach der Hanitzer Regelung zusteht. „Sag' einfach Achmed zu mir!" Seit zwanzig Jahren lebt Achmed Habib in Hanitz. Und hier kümmert sich der Afghane, weil er Erfahrung damit hat, um das Verkehrswesen. Die Hanitzer wollen keinen Autolärm und auch nicht den Dieselgestank. Deswegen sind sie auf Pferde und Esel umgestiegen. Autos gibt es nur einige wenige und die werden in einer Garage versteckt oder stehen dezent unter einem Busch im Vorgarten. Habib kümmert sich um die Pferde und Esel, ist nebenbei auch noch Veterinär und Hufschmied. Er ist nicht alleine. Zwei Hanitzer Burschen gehören zu seinem Ministerium. Ihre Aufgabe besteht darin, die Feldwege auszubessern, wenn sie einmal nach einem Regenguss zu viele Löcher haben. Die Hanitzer haben ihre Art der Fortbewegung liebgewonnen. Selbst fünf von den sechs Hundertjährigen reiten noch. Die Esel sind zum Einkaufen da, damit man nicht alles selbst schleppen muss. Auch Habib stelle ich die obligatorische Frage nach dem Fernsehen. Er schüttelt nur den Kopf, winkt ab.

„Keine Zeit! Jedenfalls dafür nicht. Mit den Pferden und Eseln habe ich genug zu tun.

80

Außerdem habe ich noch eine Folklore-Gruppe gegründet. Das macht riesigen Spaß und kommt in Hanitz gut an. Die Scheune ist bei jeder Vorstellung voll."

Habib ist ein freundlicher Mann. Er bietet mir ein Gläschen Trester an. Da es schon Nachmittag ist, sage ich aus Höflichkeit nicht ‚Nein'. Er selbst trinkt als Muslim nur grünen Tee, hat aber nichts dagegen, wenn die beiden deutschen Burschen, die gerade Pause machen, sich auch ein Gläschen genehmigen.

„Löcher zukippen ist nicht schwer", meint Habib. „Da können die Beiden ruhig etwas trinken."

Wie es ihm in Deutschland gefällt, will ich wissen.

„Falsche Frage", sagt er. „Wie es mir in Hanitz gefällt, muss es heißen. Gut! Hier ist die Integration einfach. Die Hanitzer sind ruhig, tolerant, ausgeglichen, haben noch Freude an Musik, Theater und Leben und lieben die Natur. Nein, Heimweh habe ich nicht. Außerdem werde ich aus der Gemeindekasse gut bezahlt. Der Scheich füllt sie bei seinen Besuchen großzügig auf."

Beim Energieminister

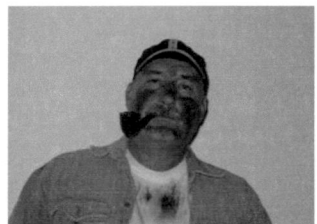

Heinz Stövkes

Aufgefallen war mir am Rande von Hanitz eine große weiße Kuppel. „Das ist unser Energiezentrum", hatte mich Silke Freudenreich vorab schon informiert. „Dem Scheich sei Dank! Wenn Sie unseren Energieminister besuchen, wird er Ihnen alles erklären."

Nach dem Besuch bei Habib besuche ich also den zweiten Hanitzer Minister. Er heißt Heinz Stövkes. Auch er besteht bescheiden nicht auf der Bezeichnung ‚Minister'.

„Ich bin hier eher der Pumpenwärter", sagt er.

Beim Betreten der Kuppel war mir eine ziemliche Hitze entgegengeschlagen. Es sind mindestens 45 Grad. Stövkes, im Gesicht ölverschmiert, kommt mir entgegen, begrüßt mich.

„Habe schon von Ihnen gehört", sagt er mit einem freundlichen Lächeln. „Sie suchen Fernseher in Hanitz." Augenzwinkernd zeigt er zur nördlichen Kuppelwand. „Hier finden Sie gleich zwanzig."

Als ich ihn erstaunt ansehe, fügt er rasch hinzu:

„Nein, nein, das sind alles nur Monitore, die die Wärmewerte und Fließgeschwindigkeiten anzeigen. Wir nutzen für unsere Energieversorgung nämlich die Erdwärme. Wir sind hier ja

82

in einer bevorzugten Gegend. Das Magma liegt relativ dicht unter der Erdoberfläche."

Von Erdwärme und ihrer Nutzung hatte ich noch nie etwas gehört. Aber Stövkes klärt mich fachkundig auf.

„Wir nutzen hier eine oberflächennahe Geothermie. Unsere Sonden und Leitungen gehen nicht weiter als 400 Meter in die Erde. An anderen Orten müsste man bis zu dreitausend Metern tief bohren. In der Erdkruste ist viel Wärme gespeichert. Wir arbeiten mit einem geschlossenen System. In einem Koaxialrohr zirkuliert ein Fluid und transportiert die Wärme nach oben. Dazu ist die große Pumpe da, die Sie in der Mitte der Kuppel sehen. Die kleineren Pumpen ringsum leiten die Wärme durch isolierte Rohre weiter in die Hanitzer Häuser. Die Rohre sind nach dem Prinzip der Thermoskanne gebaut und unterirdisch verlegt. Von seinem Haus aus kann jeder Hanitzer die zu ihm gehörende Pumpe hier in der Kuppel bedienen, je nach Wärmebedarf ein- oder ausschalten. Würde man die vorhandene Erdwärme allgemein nutzen, wäre der Weltenergiebedarf für 100 000 Jahre gedeckt. Sie sehen, dass es also gar nicht notwendig ist, Braunkohle abzubauen und die Luft zu verpesten. Die Geothermie ist eine sehr nachhaltige und umweltfreundliche Energiegewinnung. Schon die alten Römer, Chinesen und Osmanen hatten ein geothermisches Fernwärmenetz."

Stövkes streicht sich mit dem Ärmel über das Gesicht. „Entschuldigen Sie mein Aussehen! Aber die Pumpen müssen täglich gewartet werden. Das ist keine ganz saubere Arbeit."

„Und nach der Arbeit erholen Sie sich beim Fernsehen?" frage ich.

„Wo denken Sie hin!" antwortet Stövkes. „Wenn ich den ganzen Tag hier Monitore kontrolliert habe, kann ich abends keinen mehr sehen. Außerdem bin ich hier im Schachverein und singe im Chor. Familie habe ich auch und spiele lieber mit den Kindern, statt mir Quatsch anzuschauen. Und was meinen Sie, wie schön das ist, nach einem Tag in der Kuppel durch die Abendkühle zu reiten. Nein, mein Herr, einen Fernseher habe ich nicht und werde auch nie einen haben."

Anton van Dyke

van Dyke

Ein Ort wie Hanitz braucht natürlich jemanden, der gut mit Zahlen umgehen kann und das Geschäftliche regelt. Dazu dient das Kontor in der Dorfstraße. Es befindet sich ziemlich am Anfang des Ortes und ist ein etwas größeres Fachwerkhaus. Hier wohnt und residiert der Kaufmann Anton van Dyke, der zugleich auch für die Hanitzer Buchführung und Kasse zuständig ist. Er stammt aus einer alten, holländischen Handelsfamilie und legt, was die Kleidung betrifft, Wert auf Seriosität und Tradition. Von ihm will ich vor allem etwas über die finanzielle Situation des Ortes erfahren. Dass er keinen Fernseher hat, sieht man ihm schon von Weitem an. Diese Frage kann ich mir also sparen. Und dass der Trester die Haupteinnahmequelle ist und die Hanitzer sich der Freundschaft eines Scheichs erfreuen, weiß ich schon. Jetzt geht es mir um den Einblick in genauere Zahlen.

Die legt mir van Dyke offen dar. „Es ist kein Geheimnis", sagt er. „Wir führen nichts am Finanzamt vorbei. Alles geht ehrlich zu. Was der Scheich privat so verschenkt, geht mich nichts an.

Ich führe nur Buch über seine öffentlichen Stiftungen an die Gemeinde."

Und dann legt mir van Dyke dar: „Also, beim Kranz in der Scheune werden täglich 164 Flaschen gefüllt. Hundert für den Export, fünfzig für die interne Bewirtung, 14 für den Scheich auf Vorrat. Fast alle Hanitzer arbeiten da, bis auf zwei, die in der Verwaltung von Schottenheim angestellt sind. Zwei weitere gehen dem Verkehrsminister zur Hand. Unsere Bürgermeisterin, die Lindheimerin, die Engel, der Bamberger, die Gemeindeschwester und Frau Wohlgemuth gehen ihren eigenen Beschäftigungen nach. Ebenso der Schäfer Hannes, wenn er wieder da ist. Selbstverständlich arbeiten auch unser Schuldirektor, der Verkehrs- und der Energieminister, der Konzertmeister und der Maler nicht beim Kranz. Überhaupt niemand, der im Dorf mit besonderen Aufgaben beschäftigt ist. Kinderarbeit haben wir selbstverständlich auch nicht. Unsere Hundertjährigen sind von jeder Arbeit befreit. Bei 63 Einwohnern können Sie sich leicht ausrechnen, dass letztlich doch nicht viele beim Kranz arbeiten, so dass 164 Flaschen schon eine respektable Leistung sind. Aber, verehrter Herr, eine Flasche Hanitzer Trester kostet im Handel 32,50 Euro. Die Qualität ist hervorragend. Wir achten auf eine hochwertig vergorene Weinmaische. Das ist kein Rachenputzer, sondern ein Edelbrand. Die Nachfrage ist größer als unsere Produktion. Täglich verlassen hundert Flaschen Trester unseren Ort in alle Welt. Das macht also an täglichen Einnahmen 3250 Euro. Wenn morgen der Scheich kommt, nimmt er bei seiner Abreise 5000 Flaschen mit, die wir für ihn auf Vorrat gelagert haben. Das sind dann noch einmal 162 000 Euro.

Hinzu kommt der Weinexport. Der Kranz arbeitet mit Portweinhefe. Der ‚Hanitzer Paradiesgarten‘ kommt auf 16%. Ein wunderbarer Tropfen. Davon werden auch hundert Flaschen täglich exportiert. Die Flasche zu 18 Euro. Damit steigen die täglichen Einnahmen auf 5050 Euro. Das alles reicht schon, um dem Ort zu einer wunderbaren Autarkie zu verhelfen. Nun kommt aber noch die jährliche Spende des Scheichs hinzu, die uns sehr angenehm leben lässt. Sogar für die Anwaltskosten, die nicht gering sind, bleibt noch etwas übrig. Denn wir müssen immer wieder Klagen einer neidischen Umwelt abwehren. Das ist teuer. Verleumdungen sind wir auch ausgesetzt. So müssen wir uns zum Beispiel immer wieder anhören, wir seien eine rein deutsche Enklave. Was für ein Unsinn! Nirgendwo klappt die Integration von Ausländern so gut wie in Hanitz. Ich bin Niederländer, der Hiawatha Indianer, der Habib stammt aus Afghanistan, die Fatima Müller aus Syrien. Unseren Lebensmittelladen betreibt ein Türke mit seiner Frau. Und dann haben wir hier seit fünf Jahren die Odongos. Josef und Maria Odongo aus dem Senegal. Mit drei Kindern. Überlegen Sie mal! Zählen Sie mal die Personen zusammen! Das sind fast zwanzig Prozent bei 63 Einwohnern. Damit liegen wir weit über dem Bundesdurchschnitt.“

„Die Odongos?“ frage ich erstaunt. „Die stehen gar nicht auf meiner Liste. Josef und Maria? Das sind aber keine afrikanischen Vornamen.“

„Doch, doch! Es gibt im Senegal nicht nur Muslime, sondern auch viele Katholiken. Die Odongos haben sich hier bestens integriert. Er gibt in unserer Kulturscheune Trommelkurse, arbeitet ab und zu mit seiner Frau beim Kranz. Sie gibt nebenbei noch Kurse zur Schmuckherstellung. Beide sprechen inzwischen perfekt Deutsch. Und die Kinder machen sich gut in der Schule. Die Fächer liegen ihnen. Sie haben Spaß. Wie gut sich alle eingelebt haben, dafür ist auch unser Verkehrsminister ein Beispiel. Der Habib war schon dreimal Schützenkönig. Der Hiawatha letztes Jahr übrigens auch. Aber nur wegen einer Sonderregelung. Er durfte mit Pfeil und Bogen auf den Vogel schießen. Sie sehen, hier ist eine echte internationale Kultur. Kein Ort in Deutschland hat auch so gute Beziehungen zu einem Scheich wie wir hier. Und last not least. Unser Türke importiert zu fairen Preisen die allerbesten Gemüse aus seinem Heimatland. Keiner von all den Genannten will je wieder aus Hanitz fort. Und stellen Sie sich vor, was Sie ja besonders interessieren wird: Keiner von denen will einen Fernseher haben. Obwohl es hier völlig freigestellt ist. Wer gucken will, soll. Aber keiner will. Hier im Ort ist so viel los, dass sich so ein Apparat erübrigt. Das Fernsehen hat hier keine Chance."

„Auch nicht bei den Odongos?" wende ich zaghaft ein. „Wenigstens bei den Kindern?"

„Besuchen Sie die doch. Die sind sehr gastfreundlich und freuen sich. Aber ich bezweifle, dass Sie dort einen Fernseher finden. Ich kann Ihnen gerne die Adresse geben. Es ist nur ein knapper Kilometer von hier."

Die Odongos

 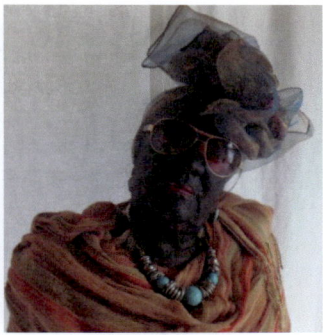

Josef Odongo   Maria Odongo

Ich bin dankbar für den Tipp, den mir van Dyke gegeben hat, mache mich sogleich mit dem Hanitzer Ortsplan in der Hand auf den Weg. Es ist früher Abend, als ich bei dem Haus, das am südlichen Rand von Hanitz liegt, ankomme. Ich klingel und Maria Odongo öffnet mir. Ich schildere mein Anliegen. Sie legt die Stirn in Falten, fragt:

„Sie sind vom Gebührenamt? Das ist doch alles schon geregelt."

„Nein, nein", versichere ich. „Ich bin nicht vom Gebührenamt. Ich mache nur eine Reportage über den ungewöhnlichsten Ort Deutschlands. Ich finde es großartig, dass ich hier bis jetzt noch keinen Fernseher entdeckt habe."

„Wir haben auch keinen", sagt sie und ruft ins Haus hinein: „Josef, wir haben einen Gast."

„Soll hereinkommen!" schallt es zurück. „Kann mit uns zu Abend essen. Mach ein Hähnchen mehr!"

Maria Odongo bittet mich herein, geht vor mir durch den Flur, weist auf eine offene Tür. „Da finden Sie meinen Mann. Ich gehe jetzt wieder in die Küche. Es gibt Poulet Yassa. Unser Nationalgericht."

Josef Odongo finde ich im Wohnzimmer. Er sitzt auf einem Teppich und hat eine Trommel vor sich, deren Rand er mit den Fingern bestreicht. Das Ohr hat er dabei vorgebeugt und lauscht auf die Resonanz.

Bevor ich ihm mein Anliegen schildern kann, fragt er: „Sie wollen auch in meinen Trommelkurs? Eine gute Wahl. Trommeln heilt die Seele. Sie glauben gar nicht, welche Töne und Rhythmen man hervorzaubern kann. Die Schwingungen gehen bis tief in den Körper."

Ich will nicht unhöflich sein, bescheide ihn mit einem „Vielleicht später" und kläre ihn auf: „Ich komme vom ‚Brohler Abendblatt'. Wegen einer Reportage. Niemand hier hat anscheinend einen Fernseher. Sie auch nicht?"

Josef Odongo verzieht verächtlich den Mund. „Fernseher. So etwas Unmusikalisches! Trommeln Sie mal gegen die Mattscheibe! Was hören Sie? Missklang, Kakophonie."

„Der Fernseher ist kein Musikinstrument", wende ich ein.

„Wahrhaftig!" stimmt er zu. „Das ist er nicht. Aber das unnützeste Gerät der Welt. Im Senegal, als wir keine Arbeit hatten, haben wir damit die Zeit totgeschlagen. Hier in Hanitz brauchen wir das nicht mehr. Fernsehapparate gibt es nur dort, wo man sich langweilt."

Odongo legt den Zeigefinger an die Lippen. „Hören Sie mal, was Maria für eine Freude in der Küche hat! Sie ist eine ausgezeichnete Köchin und singt dabei. Sie kennt jeden Song von Youssou N'

Dour und gibt ab und zu auch Solo-Vorstellungen in der Kulturscheune. Hanitz ist ein fröhlicher Ort. Wer hier ein Fernsehgerät einschaltet, ist einfach nur doof."

„Und Ihre Kinder? Die wollen doch bestimmt ab und zu mal einen Film sehn."

„Ach was! Die freuen sich auf die Schule. Nach der Schule kommen sie nach Hause geritten, kümmern sich aber erst einmal um die Pferde. Unsere Kinder haben genug zu tun. Die brauchen auch keinen Fernseher. Die sind froh, wenn sie nicht still sitzen und sich dummes Geflimmere anschauen müssen. Die wollen die Welt real erkunden."

Ich frage nicht nach den Gebühren, die die Odongos bestimmt auch zu entrichten haben, obwohl sie nicht fernsehen. Die Antwort kenne ich ja bereits. Also weg vom Thema ,Fernsehen'. Man verärgert die Hanitzer, wenn man darauf zu sprechen kommt. Andere Themen lieben sie mehr. Die Frage nach dem Fernseher macht sie nur missmutig. Und die Frage nach dem Rundfunkbeitrag besonders. Obwohl sie das mit Hilfe des Scheichs gut gelöst haben. So bedanke ich mich bei Odongo herzlich für die Einladung zum Essen und frage: „Was ist eigentlich Poulet Yassa?"

„Ein senegalesisches Nationalgericht. Hähnchen in Erdnussöl gebraten. Schön gewürzt mit Knoblauch und Chili. Es wird Ihnen sicher gut schmecken. Bis Maria damit fertig ist, genehmigen wir uns erst einmal einen kleinen Trester."

Die Blase

Arnold Waidhammer

Coverfoto ‚Die Blase'

„Sie müssen für Ihr Thema unbedingt auch Arnold Waidhammer besuchen", hatte mir die Bürgermeisterin empfohlen. „Waidhammer hat als Philosophieprofessor an der Goethe-Universität in Frankfurt gelehrt. Nach seiner Emeritierung ist er nach Hanitz gezogen und hat ein sensationelles Buch veröffentlicht. Es heißt ‚Die Blase'. Aber lassen Sie sich das alles von ihm selbst erzählen."

Es ist mein dritter Tag in Hanitz. Am Vormittag des Tages, an dem der Scheich kommt, suche ich Arnold Waidhammer auf. Er lebt in einem Fachwerkhäuschen am Rand von Hanitz. Hinter dem Haus ist ein großer Garten mit einer Wiese und einem Stall, in dem zwei Esel wohnen, die sein ganzer Stolz sind. Mit ihnen geht er auf Wandertouren rund um Hanitz.

„Da sind Sie ja!" empfängt er mich. „Ich weiß schon, worum es geht. Ja, ja, das Fernsehen!"

Er führt mich in eine gemütliche Wohnstube, bietet mir einen Trester an. „Lieber einen Kaffee", sage ich. Ich habe heute noch eine Audienz beim Scheich."

Bei einer Tasse Kaffee kommt er sofort zum Thema. „Sie wollen sicherlich über mein Buch sprechen. ‚Die Blase'. Das Coverbild sagt ja schon, worum es geht. Warten Sie, ich zeige Ihnen am besten das Foto für das Cover. Dann werden Sie verstehen."

Waidhammer geht zu einem Schreibtisch, zieht eine Schublade auf, kommt zurück, legt mir das Foto vor, setzt sich mir gegenüber. Er raucht Pfeife, die er beim Erzählen und Gestikulieren aus dem Mund nimmt.

„Sie sehen ja", sagt er, „da, wo bei normalen Leuten der Kopf sitzt, ist hier der Fernsehapparat. Wer fernsieht, lässt sich seine Welt und überhaupt die Vorstellung von der Welt von diesem Medium gestalten. Der Fernsehapparat steht nicht nur im Wohnzimmer, sondern befindet sich auch im Kopf. Wer einen Fernseher hat, lebt wie unter einer Käseglocke. Ich nenne es ‚Die Blase'. Es ist eine Ersatzwelt, eine Scheinwelt. Mit dem Fernseher ist keine menschliche Interaktion möglich. Man ist zur Passivität verdammt. Da hilft auch das intensivste Zappen nicht. Man bleibt in der Blase gefangen. Nur wissen die Leute das nicht mehr, weil Fernsehen zur Normalität geworden ist. Heutzutage ist derjenige ein Außenseiter, der keinen Apparat hat. Nach landläufiger Meinung würde man ihn oder sie für verrückt halten. In Wirklichkeit ist es aber umgekehrt. Im Fernsehen liegt aber noch eine andere große Gefahr. Von der Evolution her wissen wir, dass sich Lebewesen ihrer Umgebung anpassen. Die Evolution ist eine Meisterin der Analogie. Sie haben doch bestimmt einmal beobachtet, dass sich Eheleute, je länger sie zusammen sind, immer ähnlicher werden. In manchen Fällen so sehr, dass Sie nicht mehr wissen, wer ist der Mann, wer ist die Frau. Auch im Verhältnis Herr und Hund können Sie das beobachten. Das alles will sagen: Je mehr und je länger Sie fernsehen, desto ähnlicher werden Sie diesem Apparat. Für diese Entwicklung lässt sich die Evolution sehr viel Zeit. Aber wir sind auf dem Wege dazu. Biometrische Studien haben ergeben, dass immer mehr Babys mit runden Köpfen zur Welt kommen. Der Rundkopf aber ist nichts anderes als eine Vorstufe des Rechtecks. Wir wissen also, dass die Entwicklung des Menschen auf einen rechteckigen, dem Fernsehapparat ähnlichen Kopf hinausläuft. Die Evolution hat sehr viel Zeit. Das wird noch etwa hundert oder vielleicht zweihundert Jahre dauern. Aber es kommt. Dann ist die ovale Gesichtsform eine Ausnahme. Das ist die Gefahr, vor der ich mit meinem Buch ‚Die Blase' gewarnt habe."

Waidhammer nimmt einen tiefen Zug aus seiner Pfeife, lehnt sich auf dem Sofa zurück. „Die Evolution lässt sich nicht betrügen", meint er seufzend. „Und dass man für so etwas noch Gebühren bezahlen soll, ist schlicht eine Unverschämtheit. Das ist staatlich verordnetes Fernsehen. Das gibt es noch nicht einmal in Nordkorea, wo keine Rundfunkgebühren erhoben werden. Hier stehen der Bevölkerung übrigens auch alle öffentlichen Einrichtungen, Transportmittel und Wohnungen frei zur Verfügung. Berichtet unser Fernsehen darüber? Nein. Stattdessen tun sie so, als sei dort die böseste Diktatur der Welt und hier der Wohlfahrtshimmel. Wie das bei uns auf dem Wohnungsmarkt aussieht und was auch die Preise für öffentliche Verkehrsmittel betrifft, wissen Sie ja. Da werden die Leute durch Profitmaximierung ins Elend getrieben. Wir brüsten uns mit unserer Demokratie. Aber betrüblicherweise können zehn Dumme neun

Kluge überstimmen. Hier in Hanitz haben wir eine gepflegte Sozialdemokratie. Keiner muss Not leiden wie die armen Rentner draußen. Nach einem arbeitsreichen Leben müssen sie Flaschen sammeln, um über die Runden zu kommen. Was sind das für Zustände!? Hier dagegen spendet jeder, der es kann und will, in die Gemeindekasse. Ich zum Beispiel gebe die Hälfte meiner Pension und habe dann immer noch genug. Was braucht man schon zum Leben? Mehr als essen und trinken kann ich nicht. Einen Porsche brauche ich hier nicht. Es ist viel schöner, mit den Eseln durch die Weinberge zu wandern. Einen Großbildschirm schaffe ich mir gewiss nicht an. Der würde das Übel des Fernsehens zehnfach vergrößern. Doch zurück zu unserem Gebührenzwang. Mit Euphemismen kaschieren sie das. Hieß das früher GEZ, Gebühreneinzugszentrale, sprechen sie neuerdings von ‚Beitragsservice'. Ein Service ist aber etwas Freiwilliges, das ich in Anspruch nehmen kann oder auch nicht. So wird mit der Sprache gelogen. Und die Gebühren nennen sie ‚Solidarbeitrag'. Ich will aber gar nicht solidarisch sein mit all denen, die vor so einer dummen Kiste hocken. Außerdem, mein Herr, habe ich den Verdacht, dass zu viele Fernsehlobbyisten in der Regierung mitmischen und dieses Gesetz durchgedrückt haben. Das nennt man Amtsmissbrauch. Die sind schuld, wenn künftige Generationen ein rechteckiges Gesicht bekommen."

Ich fahre mir verlegen mit der Hand das Gesicht entlang. Es ist Gott sei Dank noch oval, obwohl ich sogar zwei Apparate habe. Aber dass die Menschen in Zukunft anders aussehen werden, leuchtet mir ein. Für die Anpassung eines Lebewesens an seine

Umwelt gibt es genug Beispiele. Um diese Einsicht komme ich nicht herum. Ich bedanke mich bei Waidhammer für den Kaffee und den kleinen Vortrag.

„Sie wissen ja jetzt, wo die Gefahr lauert", meint er zum Abschied und schenkt mir ein Exemplar seines Buches. „Passen Sie auf sich auf! Mit der Evolution und dem Fernsehen ist nicht zu spaßen!"

Der Scheich kommt

Scheich Suleiman   Fatima Müller

Einen Tag vor seiner Ankunft hat Scheich Suleiman eine Vorhut geschickt, die auf der größten Wiese von Kranz eine Zeltstadt aufbaut. Die Dorfstraße, über die die Trucks zur Wiese fahren, ist schon mit Fahnen und Girlanden geschmückt wie bei einem Schützenfest. Am Tag der Ankunft des Scheichs und seiner Lieblingsfrau haben die Kinder schulfrei. Ganz Hanitz ist auf den Beinen. Alle haben ihre besten Kleider angezogen, um den Scheich zu begrüßen. Auch alle Hundertjährigen sind dabei. Sogar der alte Peters, den die Gemeindeschwester im Rollstuhl zur Dorfstraße geschoben hat. Silke Freudenreich hat mit dem Scheich schon telefoniert und mir für den Nachmittag eine Audienz in seinem Zelt verschafft.

Gegen Mittag kommt der Scheich an, fährt in einer offenen Mercedes-Limousine über die Dorfstraße. Vorne sitzt der Chauffeur, ein Brite im Dienste des Scheichs. Hinten sitzen der Scheich selbst und seine Hanitzer Lieblingsfrau Fatima Müller. Beide lächeln, winken. Die Hanitzer am Straßenrand schwenken Fähnchen, rufen: „Es leben Scheich Suleiman und Fatima Müller!" Für die Kinder ist es wie Weihnachten, da in einem der

Trucks vom Vortag ein ganzer Berg Spielzeug wartet, das der Scheich großzügig verschenkt.

Vor dem Hanitzer Rathaus hält die Limousine. Der Chauffeur steigt aus, öffnet die hintere Tür. Silke Freudenreich kommt, heißt die Beiden herzlich willkommen und geleitet sie zu einem ersten Gespräch und Umtrunk ins Rathaus. Ein König würde nicht besser empfangen werden.

Ich fiebere der Audienz mit dem Scheich entgegen, bin nervös und geselle mich zu den Rentnern, die neben dem Trester-Wägelchen, das jetzt wieder auf dem Marktplatz steht, auf einer Bank sitzen. Ich lasse mir von Uschi Trippelsdorf eine Tasse geben. Sie füllt sie großzügig bis zum Rand. Bezahlen muss ich nichts. Der Trester ist in ganz Hanitz frei.

Endlich ist es zehn vor Drei. Ich mache mich auf den Weg zum Zeltplatz. Genau um Drei bin ich mit dem Scheich verabredet. Meine Audienzzeit ist auf fünf Minuten begrenzt, da viele Hanitzer mit dem Scheich reden und ihm ihre Bitten vortragen wollen. Fatima Müller wird nicht dabei sein. Sie besucht wie immer an einem solchen ersten Nachmittag ihre Hanitzer Adoptiveltern.

Etwas schüchtern betrete ich das riesige weiße Zelt. Der Scheich lehnt in einem blauen Polstersessel, der auf einem Podest steht. Daneben befinden sich zwei Stühle. Einer für die Besucher. Auf dem anderen sitzt schon ein Dolmetscher. Vor dem Scheich ist ein Tisch mit einem Buffet aufgebaut. Da befinden sich Schalen mit Feigen, Datteln, Trauben. Daneben stehen Gläser und Flaschen mit Trester oder auch Wasser. Für den Scheich selbst steht eine Kupferkanne mit Tee bereit.

Scheich Suleiman winkt mich zu sich. Ich soll auf dem freien Stuhl Platz nehmen. Der Dolmetscher fragt nach meinem Namen und meinem Anliegen, übersetzt es dem Scheich. Der nickt freundlich, spricht mit dem Dolmetscher. Der wiederum übersetzt es mir ins Deutsche.

„Der Scheich sagt, dass Sie in diesem wunderbaren Dorf nie einen Fernseher finden werden. Darüber ist er glücklich. Denn er hatte bisher in keinem Ort der Welt so etwas erlebt. Nur in Hanitz, wo seine Frau herkommt. In seinem Scheichtum gibt es kein Fernsehen, da die Menschen sich mit realen Dingen beschäftigen und gesund bleiben wollen. Dass man auch für das Nichtgucken Gebühren bezahlen muss, versteht er nicht. Aber da die Beiträge äußerst geringfügig seien, übernehme er das ohne Murren. Das sei in einem Jahr gerade mal der Preis für ein Kamel. Womit er die Beitragssumme des ganzen Dorfes meint."

„Wieviel spendet der Scheich denn im Jahr für das Dorf?" frage ich.

Der Dolmetscher tuschelt mit Suleiman. Der legt für einen Moment seine Stirn in Falten, streicht sich über das Kinn, nickt und sagt dann etwas zu dem Dolmetscher. Der trägt es an mich weiter.

„Der Scheich sagt, er gibt jedes Jahr so viel, wie er Datteln in seinen Oasen hat. Den genauen Betrag möchte er nicht nennen, da nach einem arabischen Sprichwort die Hand nicht zählt, was das Herz gibt."

Mit dieser Antwort muss ich mich zufriedengeben. Aber da ist noch etwas, das ich wissen will.

„Warum nimmt der Scheich jedes Jahr 5000 Flaschen Trester mit in ein muslimisches Land, wo Alkohol doch verpönt ist?"

Der Dolmetscher gibt die Frage weiter. Scheich Suleiman nickt, lächelt, sagt etwas.

„Ganz einfach", bekomme ich dann die Auskunft. „Der Trester ist für die westlichen Touristen. Mit den Flaschen werden die Bars in den Hotels versorgt."

Der Dolmetscher schaut auf die Uhr. „Die Audienz ist jetzt vorbei", sagt er. „Aber der Scheich hat noch ein Geschenk für Sie."

Suleiman greift in eine Kiste, die neben ihm steht und drückt mir eine große goldene Münze in die Hand. Er nickt mir wohlwollend zu und bedeutet mir zu gehen, damit Platz wird für den nächsten Besucher. Ich bedanke mich, stehe auf, verbeuge mich vor dem Scheich und verlasse das Zelt. Draußen sehe ich, dass ich einen großen Krügerrand in der Hand halte. Als ich den eine Woche später in meiner Sparkasse vorlege und nach dem Wert frage, sagt man mir: „Mindestens 2500 Euro." Da kann ich mir vorstellen, welches Glück die Hanitzer mit dem spendablen Scheich haben und dass er sehr viele Datteln in seinen Oasen hat.

Mein Aufenthalt in Hanitz ist nahezu beendet. Aber ich freue mich noch auf eine Einladung von Hiawatha am Abend. Wir sind im Laufe unseres ersten Treffens zum persönlicheren ‚Du' übergegangen.

Hiawathas Hütte

Nach einem anstrengenden Tag, gespickt mit Besuchen und Interviews, bin ich am Abend bei Hiawatha eingeladen. Er wohnt zwei Kilometer außerhalb von Hanitz, an einem See, der auch zur Gemeinde gehört. Von der Schule aus geht man etwa einen Kilometer durch die Weinberge und sieht dann, hat man die Höhe erreicht, im Nachbartal den Hanitz-See liegen.

„Kannst du reiten?" hatte mich Hiawatha gefragt. „Dann gibt dir Habib ein Pferd. Sonst musst du zu Fuß gehen."

Nein, reiten kann ich nicht. Also gehe ich zu Fuß. Es ist eine schöne Wanderung. Oben auf der Höhe bin ich überrascht, wie groß der Hanitz-See ist. Unterhalb des Weinbergs, am Rand des Sees, liegt Hiawathas Hütte, und an einem Steg sehe ich auch schon das Boot, mit dem er täglich zum Fischen hinausfährt.

Der Indianer begrüßt mich wie einen alten Bekannten. Auf einem Grill bruzzeln Fische. Ich bin zum Abendessen eingeladen. Ein Fläschchen Wein gehört dazu.

„Das zählt nicht zu den Feuerwassern", meint Hiawatha. „Das ist Medizin, die den Geist beflügelt."

Ich staune, wie groß die langgestreckte Hütte ist. Sie hat mehrere Türen.

„Ich bewohne nur den äußeren Raum", erklärt der Schuldirektor. „In der Mitte lagern die Boote für die Schüler. Kanufahren und Fischen sind nämlich auch Schulfach. Jeden Tag, wenn es das Wetter zulässt, reiten wir hierhin und üben. Die Jungen und Mädchen haben viel Spaß und gehen gerne zur Schule. Am liebsten würden sie auch noch am Nachmittag und am Abend Unterricht haben. Aber um Lesen und Schreiben zu lernen, müssen wir uns natürlich auch in der Scheune aufhalten. Ich will ja keine Analphabeten großziehen."

Bei dem Wort ‚Analphabeten' zeigen sich auf einmal Sorgenfalten auf seiner Stirn. Er holt tief Luft, seufzt und meint: „Aber wir sind auf dem Weg dazu. Heute habe ich eine Richtlinie vom Schulamt bekommen. Die Leichtsprache soll eingeführt werden. Wegen der Integration und Barrierefreiheit. Die Sätze sollen kürzer werden, Bilder zwischen den Wörtern das Verständnis erleichtern."

Er schüttelt missbilligend den Kopf. „Kennst du Goethes Gedicht ‚Dämmrung senkte sich von oben'?"

„Nein, kenn' ich nicht", gebe ich zu.

Hiawatha sagt die ersten Zeilen für mich auf.

„Dämmrung senkte sich von oben, schon ist alle Nähe fern; doch zuerst emporgehoben holden Lichts der Abendstern!"

„Schön, nicht wahr!?", meint er. „Das ist Poesie, Lyrik. Und weißt du, wie das in der Leichtsprache heißen soll?"

„Nein."

„Dämmrung – oben Stern."

Er schweigt einen Augenblick und fährt dann fort: „Das war's. Klappe zu, Affe tot. Wie kann man nur so mit der eigenen Kultur umgehen? Manchmal glaube ich, ihr seid nicht ganz richtig im Kopf. Beim Schreiben und Ansprechen soll ich das Sternchen einfügen, damit sich alle gemeint fühlen. Schreibe ich den Hanitzern, steht da: ‚Liebe Bürg*'. Über dem ‚g' ein Sternchen. Das bedeutet: Liebe Bürgerinnen, liebe Bürger, liebe Lesben und Schwulen, liebe Transvestiten. Das ist das Gendersternchen. Sprecke ich zu den Hanitzern, soll ich sagen: ‚Liebe Bürg Sternchen'. Wäre jemand bei meinen Vorfahren auf so eine Idee gekommen, hätten sie ihm den Vogel gezeigt und ihn zum Medizinmann geschickt. Na ja, lassen wir das. Wenden wir uns den Fischen und dem Wein zu. Siehst du, wie das ein schöner Abend wird, wie die Wölkchen ihre Farbe ändern und sich im Wasser spiegeln? Nachher steigt der Mond auf, gefolgt von der Venus. Guck zum Himmel und weit auf den See hinaus! Das ist Fernsehen. Und nicht, wenn ihr Bleichgesichter vor so einer Kiste sitzt. Da wird man doch dumm im Kopf und verliert die Seele."

Als es dunkel geworden ist, zündet Hiawatha ein Lagerfeuer an. Der Mond ist am Rand des Sees aufgestiegen, die Venus folgt ihm in kurzem Abstand und bald flimmert das Firmament von Sternen. Ab und zu hört man das Platschen eines Fisches im See.

Mir wird auf einmal bewusst, dass ich das Fernsehen gar nicht vermisse. Ich will nicht mehr vor so einer Kiste sitzen. Die Gebühren muss ich allerdings trotzdem bezahlen. Das ist Gesetz. Da komme ich nicht drum herum. Vielleicht, so überlege ich, ziehe ich auch nach Hanitz. Da habe ich Unterhaltung genug und der Scheich übernimmt die Gebühr. Außerdem sitze ich gerne bei der Bürgermeisterin im Rathausgarten. Meinen Job als Lokalreporter werde ich aufgeben, stattdessen bei der Weinernte helfen und wenn es sein muss, beim Kranz Flaschen abfüllen. Auch Reiten will ich lernen, damit ich mich verkehrsgerecht bewege. Ein Häuschen wird sich in Hanitz ja noch finden lassen. Auch eine der Scheunen wäre nicht übel. Was braucht man schon zum Leben? Ein Fernsehgerät bestimmt nicht. Die beiden Apparate, die ich habe, kommen in den Keller. Da bleiben sie auch. Mitnehmen werde ich sie nicht.

Tuntenrunde

Sissi

Der Abschied von Hanitz fällt mir schwer. Nach der Nacht am See wandere ich gegen Mittag über die Weinberge zum Rathaus, um mich bei Silke Freudenreich für die gastfreundliche Bewirtung zu bedanken und ihr zu bestätigen, dass ich tatsächlich in dem ganzen Dorf keinen Fernseher entdecken konnte. Ich komme an der Wiese vorbei, wo für den Scheich die Zeltstadt aufgebaut worden war. Die Zelte sind verschwunden. Suleiman, wie mir später die Bürgermeisterin berichtet, ist schon am frühen Morgen mit Fatima Müller zum Flughafen gefahren. „Er ist ein viel beschäftigter Mann", erzählt sie. „Morgen gibt es ein Kamelrennen in Katar, wo der Scheich die Siegerehrung vornehmen soll. Er selbst hat drei Kamele am Start. Das schnellste bringt es auf eine Geschwindigkeit von 65 Kilometern pro Stunde und hat gute Aussichten auf den Gewinn. Es wird übrigens von einem Schweizer Roboter geritten, der besonders leicht ist. Früher hat man wegen des Gewichts Kinder reiten lassen. Aber das ist verboten worden."

Der Empfang im Rathaus ist wieder sehr angenehm. Ich bekomme Kaffee und Gebäck und einen kleinen Trester dazu. Ich gestehe Silke Freudenreich, dass ich zum ersten Mal in meinem Leben, von der Säuglingszeit abgesehen, drei Tage ohne Fernsehen verbracht hätte. „Ja, es hat mir gut gefallen", sage ich. „Vermisst habe ich es nicht. Im Gegenteil. Es ist viel schöner, mit richtigen Menschen zusammen zu sein, als vor so einem Kasten zu sitzen und sich zur Tagesschau begrüßen zu lassen."

„Sie können gerne noch bleiben", lädt mich die Bürgermeisterin ein. „Das Gästezimmer im Rathaus ist frei. In zwei Tagen haben wir wieder ein besonderes Ereignis in Hanitz. Der Bischof kommt. Sie haben ja gesehen, wie Bruder Heinrich ein altehrwürdiges Fresko in der Kirche freigelegt hat. Er ist mit der Arbeit fertig. Es ist ein wunderschönes Wandgemälde. Jakobus segnet eine Pilgerin. Unsere Kirche wird jetzt unter das Patrozinium des Heiligen Jakob gestellt. Der Bischof selbst übernimmt die Einweihung. Bleiben Sie also. Lassen Sie sich das nicht entgehen. Oder stehen Sie für Ihren Zeitungsartikel unter Termindruck?"

Ich schüttel den Kopf. „Eigentlich nicht. Das ‚Brohler Abendblatt' erscheint 14tägig. Das kann noch etwas warten."

„Schön", meint Silke Freudenreich. „Der Bischof gehört doch einfach dazu. Er weiß übrigens, dass wir hier keinen Fernseher haben, und ist sehr

106

angetan davon. Er wird zu dem Thema in der Kirche eine Predigt halten. Das sollten Sie sich nicht entgehen lassen. Sicher können Sie auch mit dem Bischof persönlich sprechen."

„Wie redet man einen Bischof eigentlich an?" frage ich.

„Mit ‚Exzellenz' oder auch ‚Hochwürdigster Herr'. Sie sagen also ‚Hochwürdigster Herr Bischof'. Mit bürgerlichem Namen heißt er übrigens Moritz Wellenbrink. Er hat in Rom studiert und ein viel beachtetes Buch über das Leben des Augustinus geschrieben. Es heißt ‚Die Bekehrung – Vom Lebemann zum Heiligen'. Das Buch, wenn es Sie interessiert, finden Sie in unserer Dorfbibliothek."

„Bibliothek?" frage ich überrascht. „Da haben Sie mir noch gar nichts von erzählt."

„Habe ich nicht? Kann sein. Sie waren doch auf der Suche nach einem Fernseher. Da finden Sie bestimmt keinen. Da gibt es nur Bücher. Also, wenn Sie wollen, gehen Sie auch dahin. Es macht sich ganz gut, wenn Sie vor dem Besuch des Bischofs sein Buch gelesen haben. Dann fühlt er sich geehrt und Sie bekommen vielleicht eine private Audienz."

Silke Freudenreich zeigt mir auf dem Ortsplan, wo sich die Bibliothek befindet. „Von den fünf Kulturscheunen, die wir hier haben, ist es die am westlichen Weinberg. Über dem Tor der Scheune steht ‚Bibliothek Hanitz'. Sie können es also nicht verfehlen. Die Öffnungszeiten sind täglich von 14 bis 17 Uhr. Aber wundern Sie sich bitte nicht über unsere Bibliothekarin. Reden Sie bitte ganz normal mit ihr und lassen Sie sich Ihre Überraschung nicht anmerken. Das hat sie nicht so gerne."

„Was ist denn mit ihr?" will ich wissen.

„Nun ja", klärt mich Silke Freudenreich auf. „Sie ist das, was man gemeinhin als ‚Tunte' bezeichnet. Sie verwaltet nicht nur die Bibliothek. Sie hat sich in der Scheune auch einen kleinen Frisiersalon eingerichtet. Wer sich bei ihr die Haare schneiden lässt, bekommt zugleich auch ein Buch in die Hand gedrückt. Sie ist sehr belesen und hat Empfehlungen für jeden Geschmack. Die Hanitzer gehen gerne zu ihr. Außerdem berät sie uns auch bei Wohnungseinrichtungen. Da hat sie ein Händchen für."

„Und wie rede ich die junge Dame an?"

„Jung? Die ist etwa so alt wie Sie. Eine förmliche Anrede erübrigt sich. Bei der Begrüßung eines Fremden sagt sie immer: ‚Ich bin die Sissi.' So will sie genannt werden. So heißt sie auch bei uns im Dorf. Anders kennen wir sie gar nicht. Sie ist vor zwanzig Jahren zugezogen."

„Mit oder ohne Fernseher?" erkundige ich mich.

„Ohne. Ich kann Ihnen auch sagen, warum. Die hat im Fernsehen drei Jahre lang die ‚Tuntenrunde' moderiert. Dann ging die Einschaltquote zurück, weil die Sissi angeblich zu intelligent war und in den Gesprächen immer wieder ein gutes Buch empfohlen hat. Das mochten die Zuschauer nicht. Der Programmdirektor auch nicht und hat sie entlassen. Seitdem guckt sie so ein Gerät nicht mehr an. Fragen Sie sie um Himmels Willen nicht nach dem Fernsehen. Dann haben Sie sofort verspielt."

Ich schaue auf die Uhr. Es ist drei am frühen Nachmittag. „Gut", sage ich. „Dann bleibe ich noch ein paar Tage in Hanitz und höre mir an, was der Bischof zu sagen hat. Vorher leihe ich mir aber sein

Buch aus. Eine private Audienz wäre nicht schlecht."

Ich mache mich sogleich auf den Weg zum westlichen Weinberg, laufe auf einem Feldweg direkt auf die Scheune zu, die den Hanitzern als Bibliothek dient. Und als Frisiersalon. Keine schlechte Kombination, denke ich. Oben auf dem Kopf wird geraspelt und zugleich kommen durch ein Buch frische Gedanken hinein. Ich bin gespannt auf die Sissi. Sie ist die erste Tunte, mit der ich zu tun habe. Darf man ‚Tunte' überhaupt sagen? überlege ich. Vielleicht wird dieses umgangssprachliche Wort als Beleidigung empfunden. Andererseits: Wenn es im Fernsehen eine ‚Tuntenrunde' gibt, scheint der Begriff ja salonfähig zu sein. Egal. Ich muss die Bibliothekarin weder mit Herr oder Frau anreden. Auch nicht mit Tunte. Ich muss nichts kategorisieren. Sie ist einfach die Sissi.

Das Tor der Scheune ist weit offen. Ich trete ein, wundere mich, wie schön alles eingerichtet ist. Das ist keine Scheune, wie man sie so kennt, sondern ein Saal als Wohnzimmer. Große Fenster lassen das Licht hereinfluten. Darunter reihen sich schier endlos Regale mit Büchern. Vor den Regalen gibt es anheimelnde Sitzecken mit Tischen, Sofas und Sesseln. In einem Abschnitt, der ohne Regale ist, befindet sich der Frisiersalon mit allem, was man fürs Haareschneiden braucht. Die Sissi selbst entdecke ich in einer Sitzecke, wo sie gerade in einem Buch blättert.

Sie sieht mich, steht auf, kommt mir mit einem Lächeln und einem langgezogenen „Haalloooh" entgegen, blickt mich, immer noch lächelnd, fragend an. Ich stelle mich vor, höre dann, wie die

Bürgermeisterin es vorausgesagt hatte: „Ich bin die Sissi."

„Ich komme von der Frau Freudenreich", sage ich, „und mache eine Reportage über den Besuch des Bischofs. Dazu wollte ich mir sein Buch ausleihen über die Bekehrung des Augustinus."

„Ach ja", sagt Sissi. „Der Bischof. Wie heißt er nochmal? Die Bücher sind nach den Verfassern alphabetisch geordnet. Nachname, Vorname. Wir haben hier 30 000 Bücher."

„Wellenbrink", antworte ich. „Moritz Wellenbrink."

„Haben wir sofort", sagt sie, geht mit wiegendem Gang zu einem der Regale, zieht ein Buch heraus, kommt damit zu mir. „Bitteschön! Sie können sich gerne in eine der Ecken setzen und gucken, ob es das Richtige ist. Wenn Sie länger lesen wollen, bekommen Sie auch ein Gläschen Trester dazu. Sie können es aber auch ausleihen, mitnehmen und bringen es dann wieder."

„Ja, warum es nicht hier lesen?" denke ich. Die Sissi ist lustig, unterhaltsam. Sie hat so einen besonderen Glanz in den Augen, wenn sie mich anschaut. Wenn alle Menschen so freundlich wären, gäbe es keine Kriege. So suche ich mir also eine Sitzecke gegenüber der Frisierabteilung, lasse mir einen Trester servieren. Das Buch ‚Die Bekehrung' interessiert mich jetzt weniger. Es ist die charmante Art, mit der die Sissi mich anschaut. Sie genehmigt sich auch einen Trester. Reizend, wie sie das Glas hält und den kleinen Finger spreizt. Aber bevor wir enger ins Gespräch kommen, erscheint im Eingang eine Dame, nickt mir grüßend zu, steuert auf den Frisierstuhl zu, setzt sich. Ich kenne sie. Es ist Martha Engel.

110

Sissi sagt „Entschuldigung", wendet sich von mir ab, geht zu dem Frisierstuhl. „Die Haare machen wir heute ganz hübsch für die Vorstellung am Abend", sagt sie. „Ich habe auch etwas Neues für Sie, Frau Engel."

Kaum hat sie es gesagt, geht sie zu einem der Regale, zieht ein Buch heraus, kommt damit zurück, drückt es der Engel in die Hand. „Altägyptische Tänze. Habe ich aus der Fernleihe für Sie bestellt. Ein Gläschen Trester dazu?"

„Da sage ich nicht ‚Nein'. Das ist aber nett, Sissi, dass Sie das Buch besorgt haben."

Martha Engel, die in dem Buch zu blättern beginnt, bekommt einen Umhang angelegt. „Waschen brauchen wir nicht", sagt sie. „Das habe ich vorher schon gemacht. Einfach nur ein bisschen beischneiden."

Während Sissi mit Kamm und Schere ihre Arbeit beginnt und immer wieder mit der Hand über den Kopf der Kundin streicht und prüfend um sie herumgeht, blättert die Engel weiter in dem Buch, nimmt ab und zu einen Schluck Trester, den ihr Sissi inzwischen serviert hat, und beginnt mit den Beinen zu wippen.

„Huuuch, Frau Engel", sagt Sissi, „wenn Sie so wippen, verschneide ich mich. Ich muss Ihnen das Buch sonst wegnehmen."

Das ‚wegnehmen' sagt sie in einem Tonfall, als bedaure sie künftiges, tiefstes Unrecht.

„Ja, ja", sagt die Engel, „ich halt jetzt still. Verschneiden dürfen Sie sich nicht."

Ich habe noch verdammt gute Ohren. Das ist das Erbe meiner Eifeler Vorfahren. Und so vernehme ich, wie die Engel flüsternd fragt: „Was macht der denn hier? Sucht der bei Ihnen auch einen Fernseher?"

Sissi wendet kurz den Kopf zu mir, beugt sich zu Martha Engel. „Nein, der Herr wollte nur ein Buch. Von dem Bischof, der übermorgen kommt. Warum Fernseher?"

„Der will nicht glauben, dass wir so einen Schund in unserem Dorf nicht haben. Da kann er sich schwarzsuchen."

„Haben wir auch nicht", bestätigt Sissi. „Ich gucke mir lieber die Vorstellung heute Abend an und werde mich hübsch auffummeln. Ich habe auch schon alles ausgesucht. Das Kleid, den Hut, die Handtasche. Wenn Sie nachher einmal gucken möchten, ob's gefällt? Festlich soll es sein."

„Ach, Sissi, Sie machen das doch immer richtig. Was soll ich da gucken?"

Jetzt ist der Moment gekommen, wo ich mich einschalte. „Ich würde es gerne sehen", sage ich. „Und wenn Sie erlauben, auch ein Foto für die Zeitung machen. Eine so schöne Frau steigert die Auflage."

„Sie dürfen das Foto machen", sagt sie. „Aber nur, wenn Sie mitkommen. Wenn Frau Engel fertig ist, kommen Sie auf den Stuhl. Alles kommt ab. Ich mag Männer mit Glatze."

Ich erschrecke und überlege. Das Foto möchte ich unbedingt. Aber dafür die Haare ab? Das geht zu weit. Ich möchte mit der Sissi nur einen unterhaltsamen Abend verbringen."

„Haare geht nicht", sage ich. „Da bin ich stolz drauf, dass ich in meinem Alter noch so viele habe. Aber ich begleite Sie herzlich gerne."

112

„Nun ja", seufzt sie. „Dann lassen wir es halt bei der Begleitung. Aber das Foto machen dürfen Sie trotzdem."

Besuch vom Bischof

Seine Exzellenz, der Bischof

Der große Tag ist da. Der Bischof kommt. Alle Hanitzer, Jung und Alt, strömen in die Kirche. Ich verspäte mich etwas, drücke mich still in die letzte Bank, bekomme aber noch die Predigt mit. Der Bischof besteigt die Kanzel, nickt freundlich und beginnt:

„Liebe Gemeinde! Ich freue mich, heute bei euch zu sein. Um so mehr, weil ich vernommen habe, dass es hier in Hanitz keinen Fernsehapparat gibt. Das begrüße ich von tiefstem Herzen. Dafür habt ihr im Chorraum ein wunderbares Wandgemälde. Jakobus segnet eine Pilgerin. Ist es nicht viel schöner, wenn das Auge auf diesem ehrwürdigen Fresko verweilt, statt sich von einer flimmernden Mattscheibe verwirren zu lassen? Ruhe, Friede und Hoffnung vermittelt es uns. Zugleich ist es ein Zeichen zum Aufbruch, während einem vor dem Fernsehapparat die Verfettung droht. Und nicht nur die Verfettung, sondern viel schlimmer das Gefängnis der Illusion, das Absterben der Seele.

114

Zeit, die uns der Herr geschenkt hat, wird einfach totgeschlagen. Sieben Todsünden kennt die Kirche. Eine achte kommt hinzu. Das Fernsehgucken. Wer den Fernseher zum Mittelpunkt seines Lebens macht, versündigt sich. Das ist neben dem Auto der Götze unserer gottfernen Zeit. Wir sind inmitten einer neuen Säkularisation. Der Himmel wird verleugnet, veruntreut. Gab es früher noch das ‚Wort zum Sonntag' im Anschluss an die Tagesschau, so haben sie das heute zur Mitternacht hin verschoben, wo alle müde sind. Demnächst wird es ganz wegfallen. Ich lobe euch auch dafür, dass ihr zur natürlichen Bewegung zurückgekehrt seid. Wieviel schöner ist es, auf dem Rücken eines Pferdes durch die Natur zu reiten oder mit einem Esel zu wandern und in verweilender Betrachtung das Werk des Schöpfers zu loben. Das kann man auf der Autobahn nicht und schimpft nur. Man gerät in Unfrieden und Hektik. Verzweiflung überkommt einen, wenn man im Stau steckt. Von diesen Unarten unserer Zeit habt ihr euch befreit. Ihr lebt hier in Freude und Muße, seid fromm und füreinander da, habt das Auto weitgehend abgeschafft und den Fernseher durch eine eigene Kultur überflüssig gemacht. Wie der heilige Augustinus habt ihr euch von der Sünde abgewandt und geht einem besseren Leben nach. Dankbar nehme ich auch eure Einladung zu einem Buffet an und werde deshalb meine Predigt kurzhalten. Lasst es mich deshalb so zusammenfassen: Draußen, außerhalb von Hanitz, tobt der Wahnsinn. Hier aber, bei euch, finde ich ein gottgefälliges Dorf. Bevor wir uns jedoch in der Scheune treffen, bleibe ich noch in der Kirche und nehme die Beichte ab. Für alles gebe ich euch jetzt

115

schon die Absolution. Nur für eines nicht. Wer in den letzten fünf Jahren ferngesehen hat, kommt bitte zu mir in den Beichtstuhl."

Ich ahne, was geschehen wird. Und so geschieht es auch. Nach der Messe verlassen alle Hanitzer die Kirche. Ich bin alleine mit dem Bischof. Er kommt zu mir. „Mein Sohn", sagt er. „Du hast gesündigt? Bist du nicht von hier?"

„Nein, Eure Exzellenz. Ich komme von auswärts, mache eine Reportage."

„Aber du möchtest die Beichte ablegen?"

„Ja", antworte ich. „Ich möchte dem Fernsehen entsagen und bereue es."

„Gut, mein Sohn. Wir müssen nicht in den Beichtstuhl. Wir sind ja jetzt unter uns."

Der Bischof setzt sich neben mich auf die Bank.

„Wie viele Morde hast du bisher im Fernsehen gesehen?" fragt er.

Ich zucke mit den Schultern. „Zehn, zwanzig? Vielleicht auch mehr. Ich weiß es nicht."

„Pro Jahr?"

„Nein. Pro Tag. Ich hatte immer zwei Apparate gleichzeitig laufen."

„Erinnerst du dich denn auch an was Gutes, das du gesehen hast?"

Ich überlege, erschrecke. Nichts ist in meiner Erinnerung. Alles ist wie weggewischt.

„Nein, Eure Exzellenz. Das ist seltsam. Ich wüsste nicht zu sagen, was ich an dem einen oder dem anderen Tag gesehen habe. Ich erinnere mich nicht."

Der Bischof nickt. „Ja, das ist normal. In der Erinnerung bleibt nur, was wir real erlebt haben. Alles andere geht sang- und klanglos den Orkus hinab. Aber an das Reale erinnerst du dich noch?"

„Aber ja. Das kann Jahre her sein. Das Reale weiß ich. Was ich im Fernsehen angeschaut habe, ist dagegen völlig verschwunden."

„Gut. Dann hat es auch keinen großen Schaden angerichtet, war aber völlig nutzlos. Und jetzt möchtest du anders leben, ohne das Fernsehen?"

„Ja, Eure Exzellenz. Ich werde meine beiden Apparate in den Keller bringen und nie mehr fernsehen. Ich möchte mich bekehren wie der Heilige Augustinus und endlich wieder richtig leben."

Der Bischof nickt wohlwollend. „Ja, das ist ein gutes Beispiel. Eine kleine Buße muss ich dir allerdings auferlegen. Aber deine Einsicht ehrt dich. Es ist mehr Freude im Himmel über einen reuigen Sünder als über hundert Gerechte."

„Ihr Buch, hochwürdigster Herr, hat mir dazu verholfen. Ich habe es gelesen. ,Die Bekehrung'."

„Das ist schön. Das freut mich. So will ich mich erkenntlich zeigen und spreche dich frei wie alle Hanitzer. Gehe hin in Frieden, mein Sohn! Kommst du nachher in die Scheune?"

„Ja, Vater. Dann können wir uns weiter unterhalten. Darf ich auch ein Foto machen?"

„Aber ja. Ich genehmige es dir."

Dr. med. Hubertus Disselhoff

Hubertus Disselhoff

Nach dem Scheunenfest zu Ehren des Bischofs verabschiede ich mich von Silke Freudenreich und lasse durchblicken, dass ich gerne wiederkommen würde. Wahrscheinlich sogar für immer. Denn Hanitz hat mir gut gefallen.

„Kein Problem", meint sie. „Wir finden bestimmt etwas für Sie. Und vorübergehend können Sie in Görangs Hütte wohnen. Der ist nämlich für ein halbes Jahr auf Tour. Wenn Ihnen die nicht zu klein ist…?"

„Geht schon", sage ich. „Hier in Hanitz gibt es ja viel Abwechslung. Da muss ich nicht den ganzen Tag zu Hause sein. Aber gibt es hier auch eine Arbeit, eine Beschäftigung für mich?"

„Tja", meint sie, legt die Stirn etwas in Falten, überlegt, mustert mich. „Was können Sie denn? Eine Zeitung brauchen wir hier nicht. Neuigkeiten werden mündlich überliefert. Vielleicht können Sie ins Kulturprogramm einsteigen, zum Beispiel unsere Musikkapelle erweitern. Spielen Sie ein Instrument?"

„Nein", gebe ich zu. „Ich bin ziemlich unmusikalisch. Überhaupt ist mir die Welt der Kunst verschlossen. Ich bin Lokalreporter. Da schreibt man über die Einweihung eines Schrebergartens, über geplante Straßenreparaturen, eine neue Kanalisation, berichtet über staubtrockene Ratssitzungen. Hanitz ist die erste Reportage, die mir Spaß gemacht hat. Dazu musste ich den Chefredakteur aber erst überreden, weil er nicht glauben wollte, dass ein ganzes Dorf keinen Fernseher hat."

„Nun ja", sagt Silke Freudenreich. „Wenn Sie mit einer nichtintellektuellen Aufgabe zufrieden sind, wüsste ich was. Der Bruno, unser Nachtwächter, wird nächsten Monat 85 und möchte aufhören. Sie könnten den Job übernehmen. Es ist nicht anstrengend."

Ich greife zu. „Ja, das mache ich! Ich beschütze das Trester-Wägelchen."

„Schön!" sagt Silke Freudenreich. „Da haben wir ja was. Sie müssen mir aber auch versprechen, öfter zu mir in den Rathausgarten zu kommen."

„Gerne!" gehe ich darauf ein. Denn die Silke ist eine ganz charmante Frau, mit der man sich gut unterhalten kann. Und sie kennt sich in Hanitz aus.

Eins interessiert mich zum Abschied noch. „Was glauben Sie?" frage ich. „Woran liegt das, dass in Hanitz alle so gesund und munter sind? Sechs Hundertjährige bei 63 Einwohnern. Und fünf reiten noch bzw. einer spielt Tennis."

„Fernsehfreie Zone", antwortet die Bürgermeisterin. „Wir wissen uns mit Sinnvollem selbst zu beschäftigen. Ein Arzt hätte hier gar keine Chance. Der wäre arbeitslos. Vor zwanzig Jahren hat sich in unserem Ort übrigens mal einer niedergelassen. Ein Spezialist für Hals, Nasen, Ohren. Dem gefiel es hier und er hatte gehofft, aus den Nachbarorten kämen auch Patienten. Aber nach einem Jahr ist der wieder abgezogen. Aus Schottenheim kam niemand. Aus Blaubach auch nicht. Das war denen zu weit. Und bei uns hat er in einem Jahr nur einen Fall gehabt. Da war der Peters vom Pferd gefallen und brauchte erste Hilfe."

„Und wo ist dieser Arzt jetzt?"

„Er praktiziert in Bückelstedt. Warum wollen Sie das wissen?"

„Nun ja", meine ich, „würde mich zum Abschluss meiner Reportage interessieren, was die Schulmedizin zu Hanitz sagt. Dieser Doc ist ja eine Art Insider gewesen. Wenn auch nur für ein Jahr. Bückelstedt liegt auf dem Rückweg nach Brohl. Das wäre kein Umweg für mich."

Silke Freudenreich nickt. „Ja, gut, machen Sie das. Er heißt Hubertus Disselhoff. Die genaue Adresse kenne ich nicht. Seine Praxis ist aber gegenüber dem Bahnhof. Sie können es nicht verfehlen. Und wenn Sie schon einmal nach Bückelstedt hineinfahren, könnten Sie mir auch einen Gefallen tun. Ich habe ein Päckchen für den Schäferhannes. Da müssten Sie ihn im Gefängnis besuchen. In dem Päckchen ist eine Flasche. Mit Trester. Der Kranz hat ihn gelb gefärbt, die Flasche versiegelt und ein Etikett draufgeklebt ‚Ananassaft'."

„Wie?" frage ich erstaunt. „Ich denke, der Schäferhannes ist schon entlassen."

„Eben nicht. Er hat die Nerven verloren wegen dem andauernd laufenden Fernseher. Er hat seinen Zellengenossen gebeten, den Apparat auszuschalten. Aber der hat nur gelacht. Da hat der

Hannes ihn verprügelt und den Fernseher mit einem Stuhl zertrümmert. Jetzt haben sie ihn erst einmal dabehalten. Das dauert noch etwas, bis der wieder zu seinen Schafen kommt. Und das alles nur wegen der Gebühren, die er nicht bezahlen wollte."

„Ja, mache ich", stimme ich zu. „Ich bringe ihm das Päckchen. Dann freut er sich und ich lerne den Hannes auch mal kennen."

So kommt es also, dass ich auf dem Rückweg in Bückelstedt Station mache. Wie seltsam das Treiben in der Stadt nach meinem Aufenthalt in Hanitz auf mich wirkt, will ich hier gar nicht genau beschreiben. Was für eine Hektik! Was für ein Gewusel! Und dann die vielen verdrossenen Gesichter!

Kurz bevor die Sprechzeit zu Ende ist, betrete ich Disselhoffs Praxis.

„Sie müssen aber mindesten eine Stunde warten", bescheidet mich die Sprechstundenhilfe. „Da sind noch zehn Patienten vor Ihnen dran."

„Macht nichts."

„Dann füllen Sie bitte diesen Bogen aus. Name, Adresse und kreuzen Sie für die Anamnese alles gewissenhaft an. Krankheiten, Vorerkrankungen, Allergien, die Medikamente, die Sie täglich nehmen. Ihre Versicherungskarte?"

„Ich zahle bar. Ich bin auf der Durchreise."

Auch die Bedrückung im Wartezimmer will ich nicht genau beschreiben. Ein einziges Schnäuzen und Gehuste. Es muss an der Bückelstedter Luft liegen. An den Stickoxiden vom Diesel.

Endlich, nach über einer Stunde, bin ich dran. „Der Nächste!" heißt es knapp und ohne „Bitte!" zu sagen.

Disselhoff sitzt hinter seinem Schreibtisch, blickt nur kurz auf. Wahrscheinlich ist er schon erschöpft vom Hineinstarren in so viele Hälse, Nasen und Ohren.

„Wo drückt der Schuh?" fragt er.

„Nirgendwo", antworte ich. „Ich komme gerade aus Hanitz, mache für eine Zeitung eine Reportage über den erstaunlichen Gesundheitszustand dort und wollte Ihre Meinung dazu wissen. Wie kommt so etwas? Ich habe gehört, dass Sie auch einmal in Hanitz praktiziert haben."

Da lehnt er sich in seinem Stuhl zurück, sagt: „So, so! Aus Hanitz kommen Sie. Und was wollen Sie jetzt wissen?"

„Was meint die Schulmedizin dazu? Wie kommt es, dass selbst Hundertjährige dort noch reiten oder Tennis spielen? Und dass Sie in einem Jahr nur einmal im Einsatz waren?"

Disselhoff lehnt sich noch weiter zurück, wirft die Arme in die Luft, dass ihm die Stirnlupe fast verrutscht.

„Die Schulmedizin? Die Schulmedizin hat keine Ahnung. Hier versagt sie. Fragen Sie lieber die katholische Kirche. Die kann Wunder erklären."

„Und was glauben Sie selbst, woran es liegt?"

„Weiß ich nicht. Aber ich habe mal mit einer Heilpraktikerin darüber gesprochen. Sie meint, die elektromagnetische Verseuchung sei dort geringer. Die haben ja keine Fernseher. Und außerdem würden sie mehr von Kräutern halten als von den üblichen Medikamenten. Sicher spielt es auch eine Rolle, dass die Hanitzer sich nie langweilen und abwechslungsreiche Kulturprogramme haben. Die Luft ist dort besser als hier in Bückelstedt. Sie sind klimatisch bevorzugt. Die höchste Sonnenscheindauer in Deutschland. Trotzdem bleibt es ein Rätsel. Sie haben noch nicht einmal einen Dorftrottel, der fernguckt. Ich habe noch keinen Ort kennengelernt, wo so viel gesoffen wird wie in Hanitz. Weiß der Kuckuck, was sie ihrem Trester beimischen! Irgendetwas verhindert dort die Arteriosklerose. Lebt eigentlich der Rübsamen noch? Er war damals 88."

„Der lebt noch. Ist jetzt 108 und nimmt an Tennisturnieren teil."

„Verrückt. Ich bin hier auch im Tennisverein. Blauweiß Bückelstedt. Die hören spätestens mit 60 auf zu spielen."

„Sie wollten nicht in Hanitz bleiben?"

„Wie denn? Ich habe lange Jahre Medizin studiert und soll dann in meiner Praxis herumsitzen, ohne dass jemand kommt? Selbst die Pharmareferenten, von denen sonst zwei pro Tag mit ihrem Köfferchen erscheinen, haben den Ort gemieden. Hanitz ist kein Arbeitsfeld für einen Arzt."

„Dann hatten Sie doch bestimmt einen Fernseher in der Praxis, um das Warten zu überbrücken."

„Das ging nicht. Dann wäre erst recht keiner gekommen. Die Hanitzer hassen so einen Apparat."

„Sie haben den Ort doch gewiss ab und zu besucht."

„Nein. Ich würde bei meiner Rückkehr nach Bückelstedt melancholisch werden und bereuen, dass ich Hanitz damals verlassen habe."

Im Gefängnis

der Schäferhannes

So will ich also am Nachmittag den Schäferhannes im Bückelstedter Gefängnis besuchen. Am Eingang fragt mich eine Vollzugsbeamtin: „Haben Sie einen richterlich genehmigten Besucherschein?"

„Nein, ich dachte…"

„Sie sollen nicht denken, sondern unsere Regeln kennen. Wen wollen Sie denn besuchen?"

„Den Schäferhannes aus Hanitz. Er hat die Fernsehgebühren nicht bezahlt und sitzt in Erzwingungshaft."

„Ach der! Der hat nicht nur die Gebühren nicht bezahlt. Er hat auch Staatseigentum zertrümmert. Besorgen Sie sich erst einmal einen Besucherschein. Dann kommen Sie wieder. Was haben Sie denn da in dem Paket?"

„Das ist für den Hannes. Ein Kuchen, Tabak und eine Flasche Ananassaft."

„Ist nicht erlaubt. So etwas dürfen die Gefangenen nur im Kiosk unserer Anstalt kaufen. Was meinen Sie, was man in einem Kuchen alles verstecken kann!"

Ich protestiere. „Der Hannes hat doch nichts Schlimmes gemacht. Er ist doch kein Verbrecher."

„Doch! Man hat sich an die Gesetze zu halten. Dazu sind die da. Der sitzt nicht umsonst hier ein."

Ich sehe meine Felle davonschwimmen. Aus der Begegnung mit dem Schäferhannes wird wohl nichts. Und ob ich den für meine Reportage fotografieren darf? Wahrscheinlich muss man alles, was man bei sich trägt, beim Empfang abgeben. Insbesondere Handy und Kamera. Man wird durchsucht und gescannt wie im Flughafen.

In einem Gefängnis verliert man leicht die Nerven. Ich auch. „Sie sind aber eine scharfe Tante!" sage ich.

„Das ist Beamtenbeleidigung. Wenn Sie das noch einmal sagen, zeige ich Sie an. Dann können Sie Ihrem Schäferhannes Gesellschaft leisten."

„Nein. Noch einmal sagen werde ich das nicht. Aber schreiben. Dann haben Sie es Schwarz auf Weiß."

„Verschwinden Sie! Sonst rufe ich den Direktor."

„Tun Sie das! Vorher gehe ich nicht."

„Ja, das tue ich."

Die Beamtin greift zum Telefon, tippt eine Nummer. „Herr Böhmer", sagt sie nach einer Weile. „Hier ist ein aufsässiger Mann ohne Besucherschein. Beleidigt hat er mich auch."

Es dauert nur zwei Minuten, da erscheint der Direktor. Er macht auf mich einen umgänglicheren

Eindruck als seine Vollzugsbeamtin. „Worum geht es denn?" fragt er mich freundlich.

„Ich möchte nur den Schäferhannes aus Hanitz besuchen", sage ich. „Wegen einer Reportage. Dass man sich vorher anmelden muss und eine richterliche Erlaubnis braucht, wusste ich nicht. Ich komme von weither und hätte dann die ganze Fahrt umsonst gemacht."

„Der Schäfer aus Hanitz! Ja, da sollten wir eine Ausnahme machen. Ich habe nämlich eben mit dem Richter telefoniert. Der Gefangene kommt Morgen frei. Die Gebühren sind bezahlt und von der Gemeinde wurde eine Kaution hinterlegt wegen des anstehenden Gerichtsverfahrens. Eine Fluchtgefahr besteht nicht. Da kann gar nichts mehr passieren. Kommen Sie!"

„Paket und Kamera muss er aber hier lassen!" sagt die Beamtin.

„Er muss gar nichts", widerspricht ihr der Direktor. „Das ist ein Sonderfall. Ich führe ihn persönlich ins Besucherzimmer."

Unterwegs fragt mich der Direktor: „Wissen Sie, warum ich bei Ihnen diese eigentlich unerlaubte Ausnahme mache?"

„Nein."

„Weil ich die Nase von manchen Haftgründen voll habe. Ich bin es leid. Es ist gut, wenn mal jemand kommt und eine Reportage macht. Sie ahnen ja nicht, was hier los ist. Täglich werden neue Rentner eingeliefert, die wiederholt schwarzgefahren sind oder Lebensmittel geklaut haben. Die meisten machen das absichtlich und lassen sich erwischen, um endlich versorgt zu sein. Andere können ihre Strom- und Heizungsrechnung nicht bezahlen und landen dann zur

126

Erzwingungshaft hier. Einen ganzen Zellentrakt soll ich umbauen, damit er rollatorgerecht ist. Wo soll das noch hinführen? Und Personal habe ich auch nicht genug, um die Rentner zu betreuen. Das werden täglich mehr. Wir müssen ausbaden, was die Regierung vermurkst. Es ist eine Schande, dass sich bei einem so reichen Land die Schere zwischen Arm und Reich immer weiter öffnet. Banker und Manager sahnen ab in Millionenhöhe und unsere Rentner sammeln Flaschen. So ein System kann nicht gutgehen. Dieser Schäfer ist eigentlich ein bescheidener, sympathischer, aufrechter Mann, der sich nicht alles gefallen lässt. Dass man den wegen nichtbezahlter Rundfunkgebühren eingebuchtet hat, ist ein großes Unrecht."

So treffe ich den Hannes also doch noch und darf auch ein Foto von ihm machen. Das Paket bekommt er ungeöffnet. Ich sage ihm dazu nur, dass da auch eine Flasche drin ist, die der Trestermeister persönlich abgefüllt, etikettiert und versiegelt hat. Wegen der gelben Farbe soll er sich nicht erschrecken. Der Schäferhannes lächelt und nimmt das Päckchen in den Arm wie ein Kind seinen Teddybär.

Der Schäferhannes ist wirklich ein ganz einfacher Mann, der es nur mit seinen Schafen zu tun haben will. Die Fernsehwelt ist ihm völlig fremd, ja sogar unheimlich. Er braucht das Dreidimensionale, das man anfassen kann. Er ist ein Naturbursche, kein Rhetoriker wie etwa der Philosoph Waidhammer. Und so antwortet er auf meine Frage, warum er die Gebühr nicht bezahlen wollte, nur: „Wo gibt es denn sowas, dass man für etwas, was man nicht will, bezahlen muss? Will ich ein neues Schaf, bekomme ich es und zahle auch dafür. Kommt aber jemand und will mir eine Ziege aufschwatzen und ich will die nicht, dann zahle ich auch nicht dafür. So einfach ist das!"

Nachwort

Wir hoffen, wir haben Ihnen mit diesem Büchlein ein wenig Freude gemacht und empfehlen zum Schluss: Bringen Sie Ihren Fernseher in den Keller oder rufen Sie den Hanitzer Entsorgungsdienst an!

Dorit Schlangen & Rüdiger Schneider

Unser Buchtipp für fernsehfreie Stunden:

Dorit Schlangen, Rüdiger Schneider: ‚Lecker essen mit Goethe – Rezepte und Anekdoten‘, 212 S., ISBN 978-3744818407

Eine weitere kulturkritische Satire:

Rüdiger Schneider: ‚Indianer hatten kein Smartphone‘,
ISBN 978-3738641523 – mit zahlreichen farbigen
Illustrationen

Die Indianer hatten kein Smartphone, aber Pferde. Waren
sie uns kommunikativ überlegen? Gab es Staus in der
Prärie? Wurden sie stündlich mit Krisen und
Nachrichten überschüttet? Das Buch beantwortet diese
Fragen und einige andere mit teils bissigem Humor. Mit
farbigen Illustrationen.

Website des Autors: www.ruediger-schneider.com